Daniela Engist, 1971 bei Schwäbisch Gmünd geboren, lebt mit ihrer Familie in Freiburg. Studierte Germanistik, Anglistik und Musikwissenschaft, behauptete in ihrer linguistischen Doktorarbeit, dass der Dialekt nicht aussterbe – unter gewissen Umständen.

Freie Journalistin, PR-Managerin, »Managerseelenstreichlerin«. Nach dreizehn Jahren bei multinationalen Konzernen in der Schweiz tauschte sie Brot gegen Kunst und widmet sich seitdem dem Schreiben. *Kleins Große Sache* hieß 2017 ihr erfolgreicher, sehr gelobter Debütroman.

Mir träumt', du hättest mich ins Bett gezaubert,
Mich in den Mond gesungen, in den Wahn geküsst.
(Ich glaub, ich hab dich nur in meinem Kopf gemacht.)

SYLVIA PLATH, *Mad Girl's Love Song*

Anlaufen

I

Alles ist voller Franzosen.

Ich gehe durch die Innenstadt am Samstagvormittag, normalerweise gehört sie da den Fremden, und die Einheimischen halten sich fern. Über den Rhein kommen sie, aus der nahegelegenen Schweiz und aus Frankreich, aber so viele Franzosen wie heute habe ich noch nie gesehen. Unsere Stadt ist nicht besonders groß, die Innenstadt schon gar nicht. Ich lebe hier schon lange, mein ganzes Erwachsenenleben lang. Ich bin herumgekommen in unserer Stadt, viermal bin ich umgezogen, jedes Mal in eine bessere Gegend. Wir leben hier in einer Grenzregion ohne sichtbare Grenzen, wir kennen das Gefühl der Freiheit. Ich kenne niemanden, der von hier weg will.

Seit Tagen haben wir Hochdruck ohne Wind. Inversionswetterlage. In den langen Winternächten hat sich unten kalte und feuchte Luft angesammelt, und die Sonne schafft es nicht mehr, die Luftmassen zu durchmischen. Wie ein Deckel liegt die wärmere Luft auf der Stadt und erstickt sie unter tiefhängenden Wolken.

Ich bin auf dem Weg zum letzten Musikgeschäft unserer Stadt, weil ich nun doch etwas von ihm haben will, obwohl ich gar nicht sicher bin, ob ich auch hören will, wovon er singt. Alle guten Künstler sind Lügner. Die anderen auch, aber aus anderen Gründen.

Ich nehme das neue und das vorherige Album, das Alexander haben wollte. Ausgerechnet. Er hört sonst nie Musik, aber ich glaube, Stéphanes Auftritt auf dem Festival hat ihm gefallen, zumal er die Texte viel besser verstanden hat als ich mit meinem Rest Schulfranzösisch. Vor allem das eine Chanson, in dem er erzählt, wie jemand aufsteht und geht und wortlos das ganze bisherige Leben zurücklässt, hat es ihm angetan. Er konnte gar nicht mehr aufhören, davon zu sprechen. Ich glaube, die Vorstellung fasziniert ihn, so wie einen ein furchtbares Verbrechen fasziniert, und man dann erleichtert flüstert: Zum Glück passiert mir das nicht. Ist doch nur ein Lied.

Dem Musikgeschäft gegenüber liegt unser neues Literaturhaus. Das wurde erst vor zwei Jahren eröffnet. Den Wunsch danach gab es schon lange, aber bis zur Umsetzung hat es gedauert. Man ging Umwege und Irrwege. Orte wurden vorgeschlagen und wieder verworfen. Früher war dort, wo es jetzt ins Literaturhaus hineingeht, die Aula der Alten Universität. Erstsemesterparty mit Thees. An Thees habe ich seit Ewigkeiten nicht mehr gedacht. Und an all die anderen auch nicht.

Seit Tagen kommen sie aus allen Ritzen gekrochen, steigen auf, wo immer sich die Gelegenheit bietet, und sammeln sich wie Nebeltröpfchen in meinem Bewusstsein. Manche haben keinen Namen, manche kein Gesicht, aber alle haben eine Geschichte. Ich habe sie nicht gerufen, etwas hat sie aufgeweckt, hervorgelockt, als ob sie auf ein Zeichen gewartet hätten.

Thees also. Thees war, was man wohl eine treue Seele nennt, ein Freund, ein Beschützer, der immer auf seine

Chance gewartet hat und darauf, dass sich das ganze Treusein und Beschützen eines Tages auszahlen würde. Ich war kaum auf der Party angekommen, da stand er schon neben mir. Er plapperte und tanzte um mich herum und machte sich zum Affen. Später hat er versucht, Affenherzen in Schweine zu transplantieren, für seine Doktorarbeit. Die Übertragung eines funktionsfähigen Herzens von einer Spezies auf die andere. Was für eine Idee! Fast immer ging es schief, und wenn einmal ein Schwein mit seinem Affenherzen ein paar Monate überlebte, galt es als großer Erfolg. Heute ist man da vermutlich weiter. Ich glaube, er ist tatsächlich Herzchirurg geworden, so ein dicker Oberarzt irgendwo in Deutschland. Man konnte damals schon erahnen, dass er dick werden würde, aber das war es nicht, warum aus uns nie etwas geworden ist.

Wir gingen aus, mit anderen und ohne. Er kochte für mich in seiner Wohnung unterm Dach, die in einem der entfernteren Stadtteile im Süden lag. Mein möbliertes Zimmer lag mitten in der Altstadt, mit dem Fenster zum Hof der Alten Universität und drei Minuten Fußweg zum Englischen Seminar. Ich musste ziemlich weit radeln, um zu ihm zu kommen. Er hatte eine Flasche Wein und einen Wok, den er virtuos bediente. Er dozierte über die Kunst des Wok-Kochens und zwischendurch warf er Brocken aus seiner Biografie ein, erzählte von seiner Freundin zu Hause, dass sie nicht mit nach Freiburg gekommen sei. Ich ging im Zimmer umher und machte Bemerkungen über die Sportgeräte, die überall herumstanden und herumlagen, Hanteln und Tennisschläger und ein Snowboard, ein Lenkdrache, selbst das Mountainbike hatte es bis unters Dach geschafft. Ich spürte, wie sein Blick mich verfolgte, und fing an, von Friedrich zu erzählen, dass er auch so ein Supersportler sei und auch Medizin studieren wolle, aber erst noch Zivildienst machen müsse. Dass er nicht mit nach Freiburg gekommen war, erzählte ich an diesem Abend nicht.

Als fünf Jahre später die Beziehung mit Friedrich zerbrach, lieh Thees mir sein Auto, um zu Theresa über den Schwarzwald nach Tübingen zu fahren, damit ich heulen kann und auf die Männer schimpfen. Ich war eine ungeübte Autofahrerin und ängstlich, aber diese Fahrt musste ich machen. Auf dem Rückweg geriet ich bei Hinterzarten in eine Polizeikontrolle. Reine Routine, und doch fühlte ich mich ertappt. Es war nicht mein Wagen, und ich wusste nicht, wo die Fahrzeugpapiere zu finden waren. Mit rotem Kopf wühlte ich im Handschuhfach. Dann musste ich aussteigen und hinter den beiden Polizisten in ihren VW-Bus klettern. Der Jüngere setzte sich mir gegenüber und blickte mich erwartungsvoll an, ohne zu lächeln. Ich entschloss mich zur Flucht nach vorn und gestand. Ich gestand, dass es das Auto eines Freundes war, und der junge Polizist glaubte meine Geschichte, aber seine Augen schienen zu sagen: Du lügst doch! Es ist verlogen, einfach sein Auto zu nehmen und Thees in der Hoffnung zurückzulassen, dass nun alles gut werden würde.

Die letzte Erinnerung, die ich an Thees habe, ist eine Nacht in meinem Zimmer am Seepark, wohin ich inzwischen umgezogen war. Er war damals schon aus der Stadt weggezogen, Praktisches Jahr irgendwo in der Schweiz. Wir saßen lange auf den warmen Bodenplatten vor der Terrassentür und schauten über das kurze Rasenstück, das in eine verwilderte Brache überging. Durchs Dickicht konnte man den See erahnen. Er rauchte, was ich nicht leiden konnte. Aber es ging mich nichts an. Wir tranken das Bier, das er mitgebracht hatte, und als ich nach drinnen ging, um eine Flasche Rotwein zu holen, fragte er mich, ob er über Nacht bleiben könne. Schweigend reichte ich ihm das Glas. Er meine natürlich nur so, übernachten eben, deshalb, er hob das Glas ein wenig an. Ja, klar, sagte ich. Zu viel Alkohol, nicht Auto fahren. Bestechend logisch und vernünftig. Er baute sich aus Kissen und Wolldecken ein Lager dicht neben meinem Bett. Es war der einzige Ort, der genügend Platz bot sich auszustrecken. Ich zog mich in meinem kleinen Bad um, Sommerpyjama, er sich bis auf die Unterhose aus. In der Dunkelheit hörte ich, wie er gleichmäßig atmete. Sein Atem war ruhig, aber flach, nicht der Atem von jemandem, der tief schläft. Es war der Atem von jemandem, der auf etwas wartet. Geduldig. Warum ist eigentlich nie etwas aus uns geworden? War das mein Gedanke, oder hatte er diesen Satz tatsächlich ausgesprochen? Von irgendwoher war dieser Satz aufgetaucht und stand in dem dunklen halben Meter zwischen uns.

Mit den zwei CDs in der Tasche steuere ich das Kolben-Café an. Das gibt es schon viel länger als mich in dieser Stadt, und obwohl mit den Jahren noch ein paar Orte mit gutem Kaffee dazugekommen sind, bleibe ich ihm treu.

Der Verkäufer im Musikgeschäft vorhin war gut informiert und kaum zu stoppen gewesen. Vermutlich passiert ihm das nicht alle Tage, dass sich jemand für die Nische interessiert, die sein Steckenpferd ist. Er schwärmte von einem Konzert in Marseille, da habe er Stéphane zum ersten Mal gehört, vor langer Zeit, in einem winzigen Saal. In Frankreich gebe es eine treue Fangemeinde dieser eigentümlichen Verbindung aus Poesie und Musik, aber leider werde so etwas selbst im französischen Radio kaum mehr gespielt, und so weiter und so weiter. Er tauchte unter der Theke nach Raritäten, die er mir zeigen wollte, verschwand in den Tiefen des Lagers, obwohl der Laden voller ungeduldiger Weihnachtseinkäufer stand, kehrte mit einem Stapel CDs verschiedener Künstler zurück, die er mir alle ans Herz legen wollte. Am Ende sah ich trotzdem davon ab, mehr zu kaufen, als ich vorgehabt hatte. Ich wolle ja nicht gleich ein Hobby oder eine Wissenschaft daraus machen, sagte ich entschuldigend. Für den Moment sei mir der eine Sänger genug.

Es waren auch Künstler dabei gewesen, die Stéphane in unserem langen Gespräch am Samstagmorgen erwähnt hatte. Ich war nach dem Frühstück bei einem der Schriftsteller sitzen geblieben, von dem ich nichts wusste, als dass er sich einen Namen gemacht hatte und schon lange im Geschäft war, und hatte versucht, den einen oder anderen brauchbaren Satz in dem zu entdecken, was er über sein Schreiben und seinen Alltag erzählte. Er nenne sich lieber Autor als Schriftsteller, sagte er, das würden die meisten so halten. Ich fragte mich, ob das eine Demutsgeste sei, echt oder geheuchelt. Ich mag den altmodischen Begriff Schriftstellerin, da doch die ganze Berufswahl sowieso eine einzige Anmaßung und Selbstüberschätzung ist. Man hofft, irgendwann einmal etwas zustande zu bringen, das den Namen Kunst verdient. Darauf legt man es an, muss man es anlegen. Das kann man dann ruhig auch sagen.

Stéphane hatte sich einfach zu mir und meinem Kollegen gesetzt. Er setzte sich neben mich, nicht direkt, sondern mit einem Stuhl Abstand, auf den er das Magazin legte, das er sich zum Lesen mitgebracht hatte. Als der andere aufbrach, blieb er sitzen. Und als er sich noch einen Kaffee holte, blieb ich sitzen. Als uns die Wirtin vom Tisch vertrieb, den sie fürs Mittagessen herrichten wollte, wechselten wir gemeinsam an einen Tisch nebenan. Als er nach draußen zum Rauchen ging, ging ich mit, obwohl ich nicht rauche. Es hätte genügend Gelegenheiten gegeben, unser Gespräch zu beenden. Wir hätten uns voneinander lösen und einfach auseinandergehen können. Ich denke zurück an diesen Morgen und sehe, wie wir Seite an Seite in unsere Kaffeetassen schauen und übers Geschichtenerzählen in der Musik und in der Literatur sprechen, woher sie kommen, die Geschichten, was sie hervortreibt und herbeilockt, warum manche unausweichlich sind und manche nie erzählt werden. Ich sehe ihn an der Ecke des Wirtshaustisches sitzen und von seinen Töchtern sprechen und vom Fangenspielen, und ich erinnere mich, wie gerne ich die Hand ausgestreckt und sie an seine Wange gelegt hätte, um besser in seine blauen Augen schauen zu können und etwas Wesentliches von ihm zu erfahren. Ich sehe uns draußen auf der Treppe beieinanderstehen und erinnere mich, wie ich den Impuls unterdrücke, meinen Arm unter seinen zu schieben und mich an ihn zu lehnen. Das war der Moment, in dem ich gegangen bin, um, wie ich sagte, doch noch die Lesung meines Kollegen zu besuchen, für die ich spät dran war, und in der ich mich dann sehr gelangweilt habe.

> Stéphane schreibt: Ich möchte nicht in einer Geschichte vorkommen. Ich schreibe meine Lieder auch nicht nach der Wirklichkeit.

Ich denke: Nicht in einer Geschichte vorkommen? Das tust du doch längst. Oder woher kommen deine Lieder? Und was soll das sein, die Wirklichkeit? *It's all in your head, baby.* Alle Künstler lügen. Ich werde wohl auch nicht ohne Lügen auskommen. Schon mein erstes Buch war von vorne bis hinten zusammengelogen. Aber eins nach dem anderen.

Ich biege in die Gasse ein, die zum Kolben-Café führt, passiere das Eckhaus mit der Studentenverbindung. Hinter einem dieser Fenster gab es mal einen, der war Volkswirtschaftler. Ich versuche mich zu erinnern, wie ich ihn kennengelernt hatte. Seminare oder Vorlesungen scheiden aus. Es fällt mir nicht ein. Er war aus der Gegend, stammte aus einer Kleinstadt an der französischen Grenze, deren Name mir nichts sagte. Wir hörten Hiphop und House in seinem Zimmer hinter diesem Fenster und hatten uns nicht viel zu sagen. Wenn er redete, dann redete er über Techno-Partys und schwärmte für Straßburg und Mulhouse und überhaupt für die Franzosen, die so viel lässiger seien als die langweiligen Deutschen.

Unsere erste größere Unternehmung führte dann auch gleich ins Elsass. Es war kurz vor Weihnachten, wie jetzt, und wir waren im Ballett. Schwanensee. Oder Nussknacker? Ich fror, sehr sogar, weil ich mit meiner Vorstellung von den lässigen Französinnen hatte mithalten wollen und einen kurzen Rock und hohe Schuhe trug. Im Theater war es wenigstens warm. Die Aufführung langweilte mich, Tschaikowski langweilte mich, wie immer schon, am langweiligsten aber war er. Jeder Versuch, ein Gespräch in Gang zu bringen, mündete nach zwei, drei Sätzen in ein Schweigen der schwer erträglichen Sorte. Auf dem Rückweg zum Auto hielt er ein bisschen meine Hand und legte ein bisschen seinen Arm um mich, während ich eine monströse Erkältung in mir aufsteigen fühlte. Ich rächte mich, indem ich beiläufig von Friedrich erzählte, und dass er nach Freiburg kommen werde, um als Rettungssanitäter zu arbeiten, weil er auf seinen Studienplatz warten müsse. Sein Abi-Schnitt sei bei Weitem nicht gut genug gewesen. Und schon gar nicht so gut wie meiner.

Heute frage ich mich, warum sich der Volkswirtschaftler immer noch weiter mit mir treffen wollte. Und warum ich immer noch weiter hingegangen bin. Vielleicht aus Langeweile. Oder Mitleid. Oder weil die anderen in seiner Verbindungs-WG so munter waren. Jedes Mal aufs Neue aber, wenn sich die Tür zu seinem Zimmer hinter uns schloss, fror langsam alles ein. Eines Abends legte er U2 in den CD-Spieler, *I still haven't found what I'm looking for*, und kramte ein Gedicht hervor. Das habe er vor einiger Zeit für eine Freundin geschrieben, log er und verstummte. Von betörendem Duft, unbeschreiblichem Gefühl, Anmut, Grazie, gar Vollkommenheit, vom Unglaublichsten, was die Natur je erschuf, bis hin zu den glühenden Augen der Sphinx und dem Lächeln der Sirenen war alles dabei. Ich hatte das Werk in wenigen Augenblicken überflogen. Jetzt tat er mir wirklich leid. Ich betrachtete das Blatt deutlich länger als nötig, dann lächelte ich ihn an. Schön, log ich und gab es ihm zurück. Was ist aus ihr geworden, fragte ich im Aufstehen. An seine Antwort kann ich mich nicht erinnern. Am nächsten Tag fand ich einen Umschlag in meinem Briefkasten, darin war das Gedicht. Mit der Hand hatte er dazugeschrieben: Nur Bewunderung, Jens. Genau. Jens hieß er. Oder Jan?

Ich sitze vor meiner Tasse Cappuccino und hätte Lust, im Internet nach Jens zu suchen, aber mir fällt nicht ein, wie er mit Nachnamen hieß. Warum sind es die Namen, die man als Erstes vergisst? Ich kann mich an Einzelheiten erinnern, an den Klang einer Stimme, an einzelne Sätze, aber an Namen erinnere ich mich oft nicht.

Ich lasse Jens Jens sein und tippe Stéphanes Namen in die Suchmaschine. Es ist sein Künstlername, die ersten zwei Buchstaben genügen, an den Rest erinnert sich die Suchmaschine. Ich versuche, mir ein Bild von ihm zu machen, mich an die Oberfläche zu halten, um wieder Distanz zu gewinnen. Das ist doch dieser in Frankreich recht bekannte Sänger, *nouveau chanson* und so, der mit Frau und Kindern in Straßburg lebt und eine Webseite hat und ein Facebook-Profil. Jeder seiner wenigen, aber regelmäßigen Posts, die vermutlich von einer hübschen Marketingassistentin seiner Plattenfirma hochgeladen werden, zieht eine Unmenge an Loves und Likes auf sich. *Vous êtes le poète nouveau de notre génération … Je suis tombée sous le charme … Je n'aime pas, j'adore!* Was dachte ich denn?

Es gibt einen Clip mit einem längeren Interview. Die Moderatorin macht große Augen und sagt, er werde geliebt wie kaum einer seit Brel und Gainsbourg. Der Mann in dem Video ist mir fast genauso fremd wie vor unserer Begegnung, nicht unsympathisch, aber fremd. Das gilt auch für die Fotos, die mir das Internet präsentiert. Auf den Bildern, die vor fünf bis zehn Jahren entstanden sind, gefällt er mir besonders gut. Da muss er in etwa so alt gewesen sein wie ich jetzt. Die Bilder sind sehr gut gemacht, von zurückhaltender Künstlichkeit, aber doch künstlich wie eine Imagekampagne. Die behauptete Natürlichkeit, der anscheinend zufällig eingefangene Augenblick, alles ist inszeniert. Ich habe lange genug im Marketing gearbeitet, um das zu sehen.

Was man für ein Bild abgibt. Ich hatte mir Gedanken gemacht, bevor mein Buch auf den Markt kam. Dabei war es weniger die öffentliche Wahrnehmung gewesen, die mich beschäftigte. Realistisch gesehen, würde die sich in sehr engen Grenzen bewegen. Das Debüt einer unbekannten Spätberufenen. Wer würde sich schon dafür interessieren? Was wahrzunehmen wäre: das Buch, eine Satire über Akademikermütter, lustig; die Autorin, eine von den vielen ehemaligen Literaturwissenschaftlerinnen, die das Romaneschreiben anfangen, sobald sie Kinder bekommen. Alles klar. Alles wahr? Niemand würde sich dafür interessieren, wer ich wirklich war.

Auf der Suche nach einem geeigneten Pressebild scrollte ich mich durch unsere digitale Fotobibliothek, Jahre und Jahre rückwärts in der Zeit. Kindergeburtstage, Einschulungsfeiern, Urlaubsfotos, immer wieder Urlaubsfotos: Meer, Strand, Berge, Schnee, Stadtansichten, laufende, kniende, krabbelnde, kriechende Kinder, Kinder in Bauchlage, Kinder in Rückenlage, Taufkinder. Kein Foto von mir, auf dem nicht mindestens noch ein Kind zu sehen war. Kein Foto von mir allein. Erst in den alten Alben tauchten sie auf, als Einsteckbilder oder auf Papier geklebt, alle mit Alexanders analoger Kamera aufgenommen. Porträts von mir wie aus einem anderen Leben. Er hatte davon gesprochen, dass er die Negative einscannen wolle, dann war doch alles liegengeblieben. Ohne professionelle Fotos würde es nicht gehen. Was ich brauchte, waren Bilder, die gleichzeitig zeigten und verbargen, wer ich war.

Die Fotografin steuert ihren alten Kombi übers Land. Sie hat einen ganz bestimmten Ort im Kopf, zu dem sie mich bringen will. Wir sind am Holbeinpferdchen vorbeigekommen, das arme Tier wird immer wieder überpinselt und übersprüht, muss Farben tragen von Ländern, Parteien und Vereinen, Glückwünsche und Parolen auf seinen Flanken präsentieren. Ganz unförmig sieht es aus. Das schlanke Fohlen unter den Farbschichten ist kaum mehr zu erkennen. Ich kann mich noch gut daran erinnern, wie es früher ausgesehen hat. Wir reden über gemeinsame Bekannte und die Stadt, in der wir beide leben. Wir gleichen unsere Biografien ab. Gleich alt, der gleiche Blick auf die Welt und das Leben, die Überzeugung, dass man etwas wagen muss, der Anspruch, dass da mehr sein muss als Aufträge und Geld verdienen. Sie erzählt von einem Ex-Freund, der brutale Thriller schreibe und sich vor Rezensionen fürchte, und von ihren Kindern. Ich erzähle von meinen Jungs. Frauen mit Kindern reden ständig über ihre Kinder. Dann reden wir wieder übers Bildermachen, Bilder mit der Kamera und Bilder im Kopf. Wie an dem Morgen, als wir uns zum ersten Mal trafen.

Sie hatte auf meine Anfrage nach Porträtfotos mit einer Einladung in ein Café reagiert. Zum Kennenlernen. Danach wollte sie erst entscheiden, ob sie den Auftrag annimmt. Mir gefiel diese zurückhaltende Annäherung, denn der Gedanke, dass jemand mich und nur mich für eine unendliche Weile durch sein Objektiv betrachten würde, auf der Suche nach einer inneren Wahrheit, die ich womöglich selbst nicht kannte, beunruhigte mich. Das war doch gerade das Schöne an der Schriftstellerei, dass man selbst als Person nur sehr mittelbar in Erscheinung treten musste. In einer Art Rückfall in den Agentur-Modus breitete ich vor ihr aus, was ich zum Thema Autorinnenporträt recherchiert hatte. Ich erzählte von den Händen im Gesicht, unterm Kinn, an der Wange, einhändig oder beidhändig, und von den mit den Insignien der Schriftstellerei ausgestatteten Geschöpfen vor dem Bücherregal, hinter der Schreibmaschine oder gleich mit dem Füller in der Hand, die mir überall begegnet waren. Als ich bei den an die Wand gestellten Menschen vor Sichtbeton, Naturstein oder groben Holzbrettern angelangt war, mussten wir beide laut herauslachen. Das sei alles egal, sagte sie, und ich verstand sofort, was sie meinte.

Der besondere Ort, zu dem sie mich bringt, ist eine unscheinbare Straßenecke in einem kleinen Dorf, eine dieser Ecken, an denen man sein Leben lang vorbeigehen kann, ohne sie zu bemerken. Wir verbringen den ganzen Vormittag dort, viel länger als geplant. Wir stehen rum und reden. Bald schon habe ich vergessen, dass sie auch fotografiert. Sie fragt, ich antworte. Eine der Fragen bringt mich aus dem Konzept. Ob ich Geschwister habe? Früher mal, sage ich ausweichend. Kurz schaut sie hinter ihrer Kamera hervor, dann wechselt sie das Thema. Ich weiß nicht sicher, ob in diesem Moment das Bild entstand, das ich am Ende als Pressefoto auswählte. Es ist ein sehr ernstes Bild. Ganz im Gegensatz zum lustigen Buch.

Das Bild eines Künstlers. Es ist das Bild, das er von sich zeigen will, eine fast lebensgetreue Maske, keine Verkleidung, aber alles ein bisschen in die gewünschte Richtung verschoben. Der fremde Stéphane im Internet ist nicht der Mensch, der mir am Samstagmorgen gegenübersaß. Der Fremde sagt befremdliche Sachen, wie: Ich interessiere mich nicht für mich, Schriftsteller erzählen immer nur von sich selbst, ich singe lieber über die Welt. Keine Sekunde glaube ich ihm das.

Ich schreibe: Ich musste noch eine Weile übers Fangen und Gefangenwerden nachdenken, und warum ich weder gerne nachlaufe noch davonlaufe.

Stéphane schreibt: Wenn man nicht gerne fängt und nicht gerne gefangen wird, ist man dann nicht furchtbar allein?

Allein. Da fällt mir mein kleiner Medizinstudent ein, an dessen Namen ich mich auch nicht mehr erinnern kann. Noch ein angehender Arzt. Aber vielleicht zählt der nicht. Wenn es nach ihm gegangen wäre, wäre er gar keiner gewesen. Ich wünsche ihm, dass er heute etwas ganz anderes macht! Und mein Wunsch fühlt sich noch genauso an wie die Abende, an denen wir auf seinem Bett saßen, und ich seinen Kopf auf meinem Schoß streichelte. Er hatte dunkles, weiches Haar und war schön und traurig. Er hatte mich in einem Club angesprochen, ganz klassisch. Ich sei ihm gleich aufgefallen, meine Art zu tanzen und wie ich angezogen sei (ich weiß noch heute bis zur Unterwäsche, was ich an diesem Abend anhatte), und er habe mich lange beobachtet. Ich sei so anders, so lebendig und unbekümmert. Nichts von dem, was er sagte, war außergewöhnlich oder originell, aber wie er es sagte, mit einer Offenheit, als ob er nackt vor mir stünde. Ich glaubte ihm jedes Wort, und am liebsten hätte ich ihn direkt geküsst, Friedrich hin oder her. Wir trafen uns ab und zu, lasen uns auf seinem Bett gegenseitig Grimms Märchen vor (einen meiner Bände hat er behalten, ob er den wohl noch hat?) und quatschten über Lebensziele und Elternerwartungen. Er interessierte sich sehr für Psychologie, wie mein Bruder und wie alle, die psychische Probleme haben. Vielleicht ist er Psychologe geworden. Aber genauso denkbar wäre es, dass er den Wünschen und Ansprüchen seiner Mediziner-Eltern nicht entkommen konnte. Oder dass er sich umgebracht hat.

Stéphane schreibt: Ich hatte vor dem Festival ein Foto von dir gesehen, da sahst du ziemlich streng und ernst aus. Als ich dich dann in der Realität erlebt habe, warst du so lebendig und irgendwie sprühend. Ich fand dich auch, und das hilft natürlich, *très sexy*.

Ich hasse es, wenn Alexander das sagt, ich sei sexy. Nach über zwanzig Jahren immer noch! Dann muss ich es sofort ins Lächerliche ziehen.

Alexander sagt: »Schreib doch mal was über mich!«

Ich sage: »Das willst du gar nicht. Aber ich werde wieder schreiben. Ich werde schreiben, um etwas herauszufinden.«

Alexander freut sich über meinen Tatendrang. »Um was geht's denn?«

»Das Leben und so«, sage ich ausweichend. Es ist der gleiche Satz, den ich schon beim ersten Buch immer verwendet habe, wenn jemand danach fragte. »Ich will nicht darüber reden. Aber ein lustiges Buch wird es dieses Mal nicht.«

Was soll das sein, eine Schriftstellerin? Eine Autorin, die so lange schreibt, bis Kunst daraus wird? Wie kommt man dahin? Wohin soll man gehen? Wie merkt man, wenn man da ist?

Ich verlasse das Kolben-Café und mache mich auf den Nachhauseweg. Ob Spuren von dem, was gerade passiert, nicht doch eines Tages in einem Chanson auftauchen? Ich habe gar keine Lust mehr, seine Musik anzuhören. Ist mir doch egal, wie erfolgreich dieses Bild von einem Künstler ist. Auf dem Festival spielte er nur ein kurzes Set seiner bekanntesten Chansons, so stand es im Programmheft. Das war nicht schlecht, aber überzeugend fand ich es nicht. Als ob ihm nichts Besseres eingefallen wäre oder er dem Auftritt keine rechte Bedeutung zugemessen hätte. Vor zwanzig Jahren ist sein erstes erfolgreiches Album erschienen, seither hat er allerlei Preise eingesammelt, so steht es auf der Webseite seiner Plattenfirma. Auf keinen Fall hätte ich mir auf dem Festival eine CD von ihm gekauft und womöglich signieren lassen. Ich bin doch kein Groupie. Die Oberfläche interessiert mich nicht besonders.

2

Zu Hause lege ich die CDs auf die Kommode, wo alles landet, was von draußen kommt und keinen richtigen Platz im Haus hat. Oft bleiben die Dinge dort ewig liegen. Ich nehme mir die Tageszeitung und blättere lustlos darin herum. Kurz vor Weihnachten gibt es kaum Berichtenswertes mehr. Als ob gegen Ende des Jahres alles zum Erliegen käme.

Zum ersten Mal seit langer Zeit taucht das Bild von Jo in meinem Kopf auf, wie er von oben bis unten in Jeans und mit Cowboystiefeln am ersten Weihnachtsfeiertag ins Münster schlappt, das turmlose Münster der Stadt, in der ich aufgewachsen bin. Er hat die Kamera über der Schulter, der Chor singt Hosianna. Hochamt. Ich bin nur wegen Friedrich hier, und der ist nur wegen seiner gut katholischen Mutter hier. Das hat sich so ergeben. Es war in den ersten Jahren die einzige Möglichkeit gewesen, Friedrich über Weihnachten zu sehen, weil seine Eltern eine ganz eigene Vorstellung davon hatten, wie die Feiertage abzulaufen hätten. Wer nicht zur Familie gehörte, war nicht erwünscht. Ich drehe den Kopf, will, dass Jo mich sieht. Aber wie üblich hat er den Fokus auf Unendlich gestellt und bewegt sich unter seiner Fotografentarnkappe. Ich habe das immer bewundert, wie man so unsichtbar bleiben und den Dingen doch so nahekommen kann.

Auch in der Redaktion war er meist nicht zu sehen gewesen, verschwunden in seiner Dunkelkammer. Zutritt nur nach Klopfzeichen, gefolgt von einem deutlichen »Ja, bitte«, das sich anhörte wie ein »Wenn's denn unbedingt sein muss«. Nach und nach fand ich heraus, dass er nicht die ganze Zeit mit Bilderentwickeln beschäftig war, sondern einfach seine Ruhe wollte. Und als ich herausfand, dass er ganz und gar nichts dagegen hatte, wenn ich seine Ruhe störte, fand ich das aufregend. Anfangs kam ich nur, um Bilder für meine Artikel auszuwählen. In der kleinen Kammer ging es eng zu, man kam nicht aneinander vorbei, ohne sich zu berühren. Wir lachten viel über unvorteilhafte Aufnahmen von Menschen, die sich wichtig nahmen.

Zu gemeinsamen Terminen fuhren wir in seinem himmelblauen Mercedes, in dem es nach Rauch und Leder roch. Im Kassettendeck steckten sorgsam zusammengestellte Sampler mit Siebzigerjahre-Rockmusik, und auf der Rückbank türmte sich die Fotoausrüstung. Während ich meine Recherchearbeit machte oder Interviews führte, ging er herum wie ein Schatten und suchte nach Motiven. Manchmal stand er auch nur in einer Ecke und rauchte und schaute. Ich weiß nicht, wann es angefangen hat, aber eines Tages entdeckte ich unter den Bildern, die er von unseren Terminen mitbrachte, immer mehr Fotos von mir, lebendige Schnappschüsse einer engagierten Jungjournalistin, mit dem Stift im Mund, mit dem Finger auf der Nasenspitze, mit der Hand die Augen abschattend, Bilder von einer jungen Frau, die mit übereinandergeschlagenen Beinen zwischen Honoratioren sitzt. Er schenkte mir Abzüge davon.

Kurz vor Ende der Semesterferien und kurz bevor ich wieder in meine Uni-Stadt zurückkehren musste, fragte er mich, ob ich ein Shooting mit ihm machen wolle. Angezogen natürlich, fügte er schnell hinzu. Irgendwo draußen. Ich lachte verlegen und meinte, das werde bestimmt peinlich. Von mir könne man keine guten Bilder machen, wenn ich wüsste, dass ich fotografiert werde. Aber ich sagte zu, und so fuhren wir mit dem himmelblauen Mercedes in die Natur. Ich hatte lange überlegt, was ich anziehen sollte, hatte mich sorgfältiger geschminkt und rutschte nervöser auf dem Ledersitz herum als sonst.

Nach dem Shooting fuhren wir in die Redaktion, es muss ein Samstag gewesen sein, denn ich kann mich an niemand anderen erinnern. Sonntags wären wir nicht allein gewesen, da hätte zumindest der Sonntagsdienst an seinem Schreibtisch gesessen, um die Zeitung für Montag zu bauen. Wir ließen uns einen Kaffee aus dem Automaten, er verschwand in der Dunkelkammer, und ich setzte mich an den leer geräumten Platz, der in den vergangenen Wochen mein Arbeitsplatz gewesen war. Ich wartete. Morgen würde ich in den Zug nach Freiburg steigen. Konnte ich nicht einfach dableiben? Aber ohne Studienabschluss würden sie mir kein Volontariat anbieten, egal wie gut ich war. Und Friedrich war in Freiburg. Schon paradox. Endlich war er nach Freiburg gezogen, und nun wollte ich nicht mehr zurück.

Als nächstes erinnere ich mich an Jos Hände über meinen Augen, warm und trocken und rauchig. Augen zu, befahl er, und ich ließ die roten Lichtschlitze zwischen seinen Fingern verschwinden. Und dann verschwanden auch seine Hände von meinem Gesicht, um die Abzüge vor mir auszubreiten. Ich vermisste sie sofort, diese Hände. Die Bilder waren sehr schön, aber auch ein wenig fremd. War das wirklich ich? War das, wie er mich sah? Da bemerkte ich, dass er mich unverwandt anschaute. Er ist viel zu alt. Und er hat eine Freundin. Und ich habe Friedrich, schoss es mir durch den Kopf. Aber wenn ich doch diese Hände noch einmal spüren könnte. Ich war Anfang zwanzig, er Anfang dreißig. Uns trennte ein halbes Leben. Mehr als zwanzig Jahre später fällt das nicht mehr so ins Gewicht, denke ich und muss lächeln.

Ich stecke die CD ins Abspielgerät und fange an, Wäsche zu machen. Heute Wäsche, gestern Wäsche, morgen Wäsche! Noch während des ersten Liedes muss ich mich hinsetzen und zuhören. Ich fummle das Booklet mit dem Text aus der Hülle und drücke nochmal auf Start. Soweit ich verstehe, singt er von Menschen, die sich nach Liebe sehnen. Was sonst? Seine Figuren treiben einsam und gleichgültig durch die Welt, werden wie beiläufig intim und gehen dann ihrer Wege. Oft lässt er ihnen einen Moment der Nähe und Geborgenheit und nimmt dann alles wieder zurück. Ständig ist jemand unterwegs, nie scheint jemand anzukommen. Seine Worte sind klar und einfach und kühl. Er begleitet sich selbst am Klavier, und manchmal widerspricht die Musik den Worten und entlarvt sie als Lüge. Ich sehe, wie er es macht, aber trotzdem tut es weh, und ich fürchte, es ist nur gut, weil es wehtut.

Seine Singstimme klingt höher als seine Sprechstimme. Ich versuche, mich genau an den Klang seiner Stimme zu erinnern, an den Klang unseres Gesprächs am Samstagmorgen. Er singt auf Französisch, aber gesprochen haben wir deutsch. Sein Deutsch ist nahezu perfekt, nur ab und zu spitzt er die Vokale kaum merklich an. Er sei praktisch bei seiner Großmutter aufgewachsen, ihre elsässische Mundart sei seine erste Sprache, erzählte er mir. In welcher Sprache er wohl träumt? Nach ein paar Wochen in Bath damals begann ich auf Englisch zu träumen. Noch seltsamer aber war, dass ich, wenn ich mit meinen Eltern in Deutschland telefonierte, nur noch den Dialekt herausbrachte, den ich seit vielen Jahren nicht mehr gesprochen hatte. Es scheint, als gäbe es eine unterste Sprachschicht, eine Art Sprache im Rückenmark, die dann zum Tragen kommt, wenn alle höheren Kontrollinstanzen versagen. Fliehen oder bleiben? Fangen oder gefangen werden? Ich frage mich, ob die Sprache, die ihm am nächsten ist, nicht die Mundart seiner Großmutter sein müsste und ob sich seine französischen Liebeslieder für ihn nicht falsch anfühlen, wenn er sie singt. Aber vielleicht hilft ihm gerade das bei der Trennung des Persönlichen vom Biografischen, auf die er so vehement besteht.

Es ist ein komisches Spiel, das die Künstler treiben! Sie geben sich ganz in ihre Kunst, und hinterher behaupten sie, dass das alles nichts mit ihrem Leben zu tun habe. Abgesehen vielleicht von ein paar Verrückten, die keine Angst davor haben, Freunde und Familie zu verletzen und zu verlieren und die ganze Welt vor den Kopf zu stoßen.

Ich habe ihn mir oft vorgestellt, diesen Moment, als Thomas Mann in seinem Gartenstuhl in Pacific Palisades den Kopf hob und in die schweigenden Gesichter seiner Familie sah. Wie er auf dem sonnigen Rasen sitzt, im weißen Anzug, mit übereinandergeschlagenen Beinen, auf dem Schoß das Manuskript. Michaels gesenkter Kopf, die Hände in die Armlehnen gekrallt, zum Sprung bereit, und Katja mit der Empörung der Großmutter in den Augen, und dieses fassungslose Schweigen in der Luft, die Fassungslosigkeit darüber, dass er es getan hat, dass er seinen Enkel, seinen geliebten Enkel, sein Engelskind, an einer Hirnhautentzündung hat sterben, nein, nicht nur sterben, sondern qualvoll zugrunde gehen lassen. Ja, Echo war eine literarische Figur. Aber eben nicht nur. Der Schriftsteller hatte sich Michaels Sohn vorgenommen und war diesem Gefühl nachgegangen, dem Gefühl, zu dem er Zugang brauchte für seinen Leverkühn, dem Gefühl des schlimmsten Verlustes. Rücksichtslos, man muss es sagen, ohne Rücksicht auf irgendjemanden, auch nicht auf sich selbst. Wie lautet des Teufels Bedingung für wahre Kunst? Du darfst nicht lieben! Ganz schön pathetisch. Und wenn es stimmt?

Ich habe das Album in einem Rutsch durchgehört. Jetzt kann ich ihn schon nicht mehr so gut leiden. Zum Glück. Und doch spüre ich Panik aufsteigen, dass alles so unversehens endet, wie es angefangen hat, und ich dann wieder dem ewig gleichen Alltag ausgeliefert sein werde, der mich so unendlich müde macht.

Stéphane schreibt: Ich habe dein Buch gelesen. Aber ich habe dich nicht darin gefunden.
Ich schreibe: Warst es nicht du, der sagte, die Wirklichkeit hat in einer Geschichte nichts zu suchen?
Stéphane schreibt: Wahrheit und Wirklichkeit sind keine Synonyme. Du willst dich also nicht fangen lassen?
Ich schreibe: Was würdest du tun, wenn du mich fingest?
Stéphane schreibt: Wenn ich dich fangen würde, müsste ich dich wohl festhalten, damit du mir nicht wieder entkommst. Und dann würde ich versuchen, dich zu küssen. *Et puis …?*

Ich muss Theresa anrufen. Ich suche nach dem Telefon, verräume die Wäsche im Kinderzimmer, setze mich aufs Bett meines Sohnes und drücke die Kurzwahltaste. Wir sehen uns selten, meistens bleibt es bei Absichtsbeteuerungen, weil wieder was dazwischengekommen ist, krankes Kind, kranker Mann, Arbeit, Urlaub. Aber schlimm ist das nicht. Wir können, ohne uns zu treffen oder ständig zu telefonieren, jederzeit dort anknüpfen, wo wir immer waren. Anders als ich, ist sie nach dem Studium von einer Stadt in die nächste gezogen und schließlich in Offenburg gelandet. Als sie hört, wie meine Stimme am Telefon klingt, sagt sie nur: Komm! Komm sofort! Also fahre ich am Freitag zu Theresa und werde ihr erzählen und die Ohren vollheulen.

Wir kennen uns seit über dreißig Jahren. In der achten Klasse waren wir in denselben Jungen verschossen. Er war süß und ein völliger Idiot. Am Ende ist er mit einer Dritten davongezogen. Danach begann, was wir für unsere wilden Jahre hielten. Mit roten Ohren umpflügten wir das Schulhaus in der großen Pause und drehten die Köpfe nach den Oberstuflern. Friedrich wollte ich unbedingt. Ich war nicht besonders verliebt, aber ich wollte ihn unbedingt. Es war auf der Studienfahrt nach Rom, und wir waren siebzehn, bald achtzehn. Wir fuhren zusammen mit der Parallelklasse aus dem altsprachlichen Zug. Es waren nur etwa zehn Schülerinnen und Schüler, lauter Bildungsbürgerkinder, darunter Friedrich und Marcus. Und am Ende der Woche knutschte Theresa mit Marcus und ich mit Friedrich.

Wie konnte man nur siebzehn sein und Friedrich heißen? In den Achtzigerjahren. Er kam aus einer anderen Welt. Sein Vater stammte aus einer Frankfurter Professorenfamilie, war Mediziner und wohnte als Privatdozent drei Tage die Woche getrennt von seiner Familie in Stuttgart. Seine Mutter war Malerin. Das Haus in bester Hanglage der kleinen Stadt, in der wir zur Schule gingen, war voller Kunst und Bücher, und der Bechstein-Flügel im Wohnzimmer war kein Ausstellungsstück, sondern das Trainingsgerät des musikalisch hochbegabten älteren Bruders. Friedrich hatte Geigenunterricht, Leichtathletiktraining, Tennisstunden und war Ministrant im Münster.

Besonders quälte mich die Vorstellung vom Leichtathletiktraining, wo er zweimal in der Woche auf das Mädchen traf, von dem er sich nach der Studienfahrt getrennt hatte. Ganze zehn Tage hatte er dafür gebraucht. In der ersten Zeit sahen wir uns außerhalb der Schule praktisch nie. Direkt nach dem Unterricht wurde er mit seinem Bruder von der Mutter im Auto abgeholt. Und ich schlug mich mit der Frage herum, warum er vor ihr verheimlichte, dass er eine neue Freundin hatte.

Friedrich war riesig, und es genügte nicht, mich auf die Zehenspitzen zu stellen, wenn ich ihn küssen wollte. Im Grunde küsste immer nur er mich, von oben herab. In der großen Pause gingen wir Hand in Hand zu einer der Bänke im hinteren Bereich des Schulareals. Auf seinem Schoß sitzend war ich auf Augenhöhe mit ihm. Seine Küsse fand ich nie besonders aufregend, aber wenn niemand in der Nähe war, schob er seine Hand unter mein Oberteil und streichelte meine Brüste. Konzentriert, mit offenen Augen, die ins Unendliche blickten, liefen seine Finger ihre Form ab, von außen nach innen, immer und immer wieder.

Ich glaube, es dauerte ein halbes Jahr, bis ich zum ersten Mal bei Friedrich zu Hause war. Obwohl sie eine große Villa hatten, musste er sich das Zimmer mit seinem Bruder teilen, der jedes Recht hatte, hereinzuplatzen, wann immer es ihm einfiel. Zum Glück befand sich der Flügel zwei Halbgeschosse vom Zimmer der Brüder entfernt, sodass meist genügend Zeit blieb zwischen dem Verstummen der Musik und dem Öffnen der Tür.

Als wir den Führerschein hatten, fingen wir an, uns mit den Zweitwagen der Mütter regelmäßig zu besuchen. Das war im Herbst neunundachtzig, und in Berlin überschlugen sich die Ereignisse. Seit Jahrzehnten war im Westen klar, was im Fall des Mauerfalls zu denken und zu fühlen sei. Ohne kollektiven Freudentaumel in ganz Deutschland würde es nicht gehen, mit abnehmender Intensität von Nordosten nach Südwesten. Während sich in Berlin wildfremde Menschen um den Hals fielen, saßen Friedrich und ich am entgegengesetzten Ende des Landes unter einer Autobahnbrücke, das Autoradio aus, die Scheiben des Wagens beschlagen, seine Hand unter meinem Pulli, meine Hand in seiner Hose. Weiter weg vom Weltgeschehen konnte man nicht sein, und in meinem Kopf kreiste die Frage, was er wohl empfand und was ich wohl empfinden sollte.

Später begleitete ich ihn auf dem Bechstein, wenn er für die Vorspiele seines Musikleistungskurses übte. Der Bruder war inzwischen nach Freiburg gezogen, wo er Musik studierte. Er hatte das Instrument zurückgelassen, weil er in seinem Studentenzimmer nur für ein Klavier Platz hatte. Friedrichs Geigenspiel war technisch sauber, aber brutal, das Instrument erschien unterdimensioniert in seinen großen Händen. Vor jeder praktischen Prüfung mussten wir als Generalprobe seinem Vater vorspielen, den ich ansonsten selten zu Gesicht bekam und der sich in meiner Erinnerung fast nur aus von Friedrich erzählten Episoden zusammensetzt. Von dem jovialen, unterhaltsamen Mann, den mir sein Sohn beschrieb, bekam ich kaum eine Kostprobe. Ich sehe ihn nur mit hochrotem Gesicht und zusammengekniffenen Augenbrauen vor mir, wie die Speicheltropfen fliegen, und er mit heiserer Stimme schreit und schilt. Es galt nie mir, und doch fühlte ich mich schuldig, weil es mir nicht gelungen war, Friedrichs gefühlloses Spiel mit meiner Klavierbegleitung zu retten, obwohl ich alles gegeben hatte.

Ich werde also Theresa in Offenburg erzählen, wie sich unsere Blicke trafen, und ich werde ihr von den verpassten Momenten des Wochenendes erzählen. Da war dieses Festival für Literatur und Musik, werde ich sagen.

Schon am Freitagabend sah ich ihn im anderen Raum des Hotel-Restaurants sitzen. Ich hatte mich vorher über die Künstler, die mit mir auftreten würden, informiert, und mich gut gefühlt, weil ich mit ein paar bekannten Autoren das Podium teilen würde. Die Musiker sagten mir alle nichts, aber eine Internetabfrage später wusste ich dies und das. Das ist so ein Chanson-Sänger, der ist recht bekannt in Frankreich, sagte ich zu Alexander. Gut sieht der aus, dachte ich. Und neben ihm sitzt seine schöne junge Frau, dachte ich. Klar. Aber es war nur eine der Veranstalterinnen.

Nach dem Essen trafen sich Musiker und Autoren und Moderatoren in einem Nebenraum. Es gab nur einen Platz, auf den ich wirklich Lust gehabt hätte. Aber da saß schon der alte Kulturredakteur, der vor einiger Zeit eine meiner Lesungen moderiert hatte, und nahm den gutaussehenden Chansonnier in Beschlag. Höflich und geduldig sprach er mit dem Redakteur. Ich setzte mich zu irgendeinem Menschen, der mich nicht interessierte, und machte Konversation. Aber ab und zu fing ich einen Blick von meinem Sänger auf und wünschte mir, dass er sich wegwünschte vom Redakteur und hinwünschte auf die andere Seite des Tisches zu mir.

Ich muss Theresa auch erzählen, dass ich in manchen Momenten des Festival-Wochenendes meinen Mann und meine Kinder, die mich begleiteten, wegwünschte, und wie sehr ich mich dafür schämte, dass ich das tat.

> Ich schreibe: Ich hätte schon am Freitagabend mit dir nach draußen gehen sollen. Aber ich rauche nicht. Und du hast mich nicht gefragt. Und zum Nachlaufen bin ich zu stolz. Und am Samstagmorgen hätte ich dich gerne geküsst. In einem anderen Leben. Aber so blieb's im Ungefähren und Ungenauen, und jegliche körperliche Annäherung blieb innerhalb der Norm der französischen Umgangsformen. Wenigstens küsst man sich zum Abschied zweimal fast und hält nicht den anderen eine Armeslänge von sich weg.

Ich höre das Schloss in der Haustür, gleich darauf Trampeln und Geschrei im Treppenhaus. Der Große singt mit krächzender Stimme einen Spottgesang, begleitet vom immer schriller werdenden »Hör auf!« seines Bruders. Alexanders Stimme hallt ärgerlich im Gang. Die Tür zum Wohnzimmer wird aufgestoßen. Vor Empörung schluchzend läuft der Kleine auf mich zu, quer über den frisch geputzten Boden mit seinen Stiefeln voller Schneematsch. »Mama, der Matti hat …!« Ich verdrehe die Augen, nehme ihn in den Arm und sage nichts. »Ausziehen!«, ruft Alexander noch von der Tür. Er trägt den Christbaum quer durchs Zimmer nach draußen auf die Terrasse und erklärt dabei wortreich, dass er den schönsten Baum ausgesucht hätte, und ich dieses Mal bestimmt nichts daran auszusetzen fände, und dass es gar nicht so einfach gewesen sei, weil alle Bäume eben immer irgendwelche Fehler hätten, man könne ihn ja so stellen, dass man den fehlenden Ast auf der einen Seite gar nicht sehe. Die Kinder sind inzwischen in ihren Zimmern verschwunden, und Alexander verschwindet in seinem Büro. Ich gehe den Staubsauger und einen Eimer holen. Im Flur liegen Mattis Stiefel, Jacke und Mütze auf dem Boden. Als ich heißes Wasser in den Eimer fülle, verbrenne ich mich am Hahn und fluche. Ich sauge die Tannennadelspur bis zur Terrassentür auf, wo Alexanders Schuhe stehen. Dann scheuche ich die Besuchskatze aus dem Haus, die immer sofort da ist, wenn die Tür aufgeschoben wird. So wie sie aussieht, hat sie ein Zuhause, aber wir wissen nicht, wem sie gehört. Schließlich wische ich Jonas' Dreckspur weg. »Vielen Dank!«, murmle ich. »Vielen, vielen Dank!«

Ich habe Stéphane geschrieben, dass ich am Freitag zu meiner Freundin nach Offenburg fahre. Das ist nicht weit von der französischen Grenze. Aber er hat nicht darauf reagiert und nur belangloses Zeug zurückgeschrieben. Ist er einer von denen, die sich dreimal bitten lassen? *Herein, herein!*

Du musst es dreimal sagen! Du musst es sagen, und wenn sich dann der Teufel deine Seele nimmt, dann war's doch auch deine Schuld.

> Stéphane schreibt: Nichts ist mir mehr zuwider, als mich jemandem aufzudrängen, der nichts von mir wissen will.

Gleichzeitig schickt er mir Phantasien, die immer einen Schritt weiter gehen als meine.

3

Wir waren über ein Jahr zusammen, bevor Friedrich und ich auf die Idee kamen, miteinander zu schlafen. Ich ging zum Frauenarzt. Als ich zum ersten Mal die Pille nahm, fürchtete ich mich vor diesem Eingriff in meinen Körper. Mir war, als ob ich eine gefährliche Droge nähme, die mich für den Rest meines Lebens abhängig machen könnte. Das Bild, das mir geblieben ist: Die Nachttischlampe in Friedrichs Zimmer wirft ein rundes Licht auf die Blisterpackung, daneben der Beipackzettel auf dünnem Papier, dichtbedruckt, kleingedruckt. Ich habe ihm vorgelesen, Risiken und Nebenwirkungen. Ich drücke die erste Tablette aus ihrer Plastikblase und hoffe, dass er versteht.

Es folgte die Radtour übers Land, bergauf, bergab zum See. Übernachtung in der Jugendherberge. Die Suche nach einem Plätzchen für unser Vorhaben in der Dämmerung: ein Spielplatz, ein Toilettenhäuschen, die Treppenstufen zum See. Viel Herumgestochere, wenig Rauschhaftes. Wir enden in einer kleinen Pension. Die Wirtin mustert uns und kassiert vorab das Geld, das ein gewaltiges Loch in unsere Ausflugskasse reißt. Das rustikale Bett mit den dicken Federkissen am Nachmittag. Es gibt ein Foto von unseren ineinander verschlungenen Beinen, etwa ab Hälfte der Oberschenkel abwärts. Wo ist das geblieben? Ich habe es genau vor Augen, erinnere mich sogar an die winzige, rote Warze an meinem rechten Fußballen, über die ich mich wochenlang geärgert hatte, und die eines Tages einfach verschwand. Und ich erinnere mich an das lauwarme Gefühl, das die ganze Aktion begleitete. Der Rest ist weg.

Ich versuche, mir ein erfülltes körperliches Erlebnis mit Friedrich zurückzurufen. Wir waren sieben Jahre zusammen, das muss es doch gegeben haben? Aber es ist nichts mehr da. Dafür taucht ein anderes Bild auf: Wir sind in meiner Wohnung in der Innenstadt. Es ist helllichter Tag. Ich liege auf meinem Bett, das fast den ganzen Raum einnimmt, Friedrich daneben, aber ich kann ihn auf meinem Erinnerungsbild nicht sehen. Ich sehe nur mich, ich sehe, dass ich nackt bin. Eine nackte Frau. Nichts an der Frau bewegt sich. Man sieht nicht einmal, ob sie atmet. Der Augenblick wie eingefroren. Die Frau hält still, wie jemand, der auf keinen Fall gefunden werden will. Mit offenen Augen, vollkommen unbedeckt versteckt sie sich. Das Wort frigide habe ich ihm damals trotzdem nachgetragen. Heute glaube ich, dass er verzweifelt war. Er war so ein dummer Junge. Beide waren wir dumm und jung und ohne jede Erfahrung, wir kannten uns selbst nicht, und wir hatten keine Ahnung, wie wir miteinander umgehen sollten, weder mit uns selbst noch mit dem anderen. Und dann kommt mir doch noch ein warmer Moment in den Sinn: In einem dunklen Raum, in den nur schwaches Licht von draußen fällt, betrachte ich mit großen Augen, die seit Stunden an die Dunkelheit gewöhnt sind, diese Linie entlang der Wirbelsäule, und der weiche Schatten meiner Hand beschreibt das Auf und Ab des breiten Rückens, und ich denke, das ist die schönste Stelle eines Männerkörpers.

Stéphane schreibt: Ein Trophäenjäger bin ich nicht, das musst du mir glauben. Aber ein Engel bin ich wohl auch nicht. Hast du Erfahrung in diesen Dingen?

Ich schreibe: Was für Dinge meinst du genau?

Stéphane schreibt: *Des intrigues amoureuses*, Affären, Liebschaften oder wie immer du es nennen willst.

Die meisten Männer, die ich getroffen habe, seit ich verheiratet bin, waren langweilig und eindimensional. Die Art von

Männern, die brav ihre Targets abliefern, sich eine dicke Uhr kaufen und angelesenes Zeug über Wein von sich geben. Das einzig Attraktive war ihre Macht und ihr Status – aber das hat mich nie wirklich interessiert. Und davor? Davor geht die Erzählung so: Ich wollte unbedingt an die ewige Liebe und Treue glauben … Der arme Friedrich! Ich glaube, ich habe ihn völlig überfordert. Vielleicht neige ich dazu, meine Männer zu überfordern.

Ich schreibe: Kann ich dir vertrauen?

Stéphane schreibt: Vermutlich würde dir jedes Schlitzohr sofort versichern, dass du ihm trauen kannst. Es wird dir also nicht viel helfen, wenn ich das schreibe. Aber: Ja, du kannst mir vertrauen.

Mit keinem bin ich so schnell im Bett gelandet wie mit Yannik, und mit keinem so oft. Dabei ging das Ganze vielleicht ein halbes Jahr, kaum länger. Zuerst hatte ich auf der Medizinerparty ein wenig mit einem anderen Kerl geflirtet, der mir sehr gut gefiel, aber er hatte eine Freundin, eine zierliche Medizinstudentin, der man anmerkte, dass sie diesen Mann nicht wieder aufgeben würde. Ich bin sicher, dass die beiden geheiratet und Kinder bekommen haben, und dass sie nie ihren Facharzt zu Ende gemacht hat. Und fast genauso sicher bin ich, dass er nach einer gewissen Zeit, als die Karriere und die Familie liefen, angefangen hat, sich nach anderen Frauen umzuschauen. Ganz diskret natürlich. Lutz hieß er. Wie sie hieß, weiß ich nicht mehr. Auf den ersten Blick war mir klar gewesen, dass Lutz beruflich sehr weit kommen würde, und weil ich auch seinen Nachnamen noch erinnere, finde ich im Internet prompt die Bestätigung: Radiologe, Professor Doktor, mittlerweile in der Schweiz. Er sieht noch genauso aus wie früher, nur alt, und das Alter steht ihm nicht. Es gibt diese

Art von hübschen jungen Männern, die schlecht altern, so wie Ivo Pogorelich. Die Hülle seiner Schubert-Platte aus den Achtzigern hatte ich mir damals übers Bett gehängt. Und wie sieht er heute aus!

Yannik war ein Freund von Lutz. Nach ihm kann ich nicht suchen, der Nachname ist weg. Wieder eine Party, dieses Mal irgendwo privat, aber wo genau? Eher Innenstadtlage, denke ich. Jedenfalls war die Bude rappelvoll, eine Wohngemeinschaft, glaube ich. Jetzt hab ich's: Lutz' Freundin wohnte dort, und es war ihre Party.

Es war nicht lange, nachdem Friedrich mir mit furchtbar viel Schweigen erklärt hatte, dass er nicht mehr könne. Er war gerade nach Mannheim gezogen, um an seiner Promotion am Deutschen Krebsforschungszentrum zu arbeiten. Aber auch weniger räumliche Distanz hatte unsere Beziehung nicht retten können. Ich schaltete von Erfrieren auf Verbrennen um. Freddy Mercury war noch nicht lange tot, und überall liefen die alten Queen-Platten, *Tonight, I'm gonna have myself a real good time … So don't stop me now!*

Wir haben getanzt. Nie vorher und nie nachher hat ein Mann so mit mir getanzt wie Yannik. Ich weiß, wovon ich spreche. Alexander macht immer ein beleidigtes Gesicht, wenn ich sage, ich könne mit jedem alles tanzen, wenn er nur führe. Dabei war es seine Idee gewesen, einen Tanzkurs mit mir zu machen. Bis zum Goldabzeichen haben wir es gebracht, aber selbst in der Zeit, als wir noch regelmäßig zum Tanzen gingen, bestand er auf die immer gleiche Abfolge der Figuren und zählte mit halboffenem Mund leise den Takt mit, obwohl er wusste, dass es mich wahnsinnig machte. Mit Yannik war es, als tanze er mich, als seien meine Bewegungen seine und seine meine. Eine Weile mischte Lutz noch mit. Wir probierten uns im Sandwich-Tanz, einer von vorne, einer von hinten und ich mitten drin, und wir lachten furchtbar viel. Bis Lutz' Freundin neben uns auftauchte. Ich hatte sie schon eine Weile still an der Tür stehen sehen. Lutz verschwand, und Yannik und ich machten alleine weiter. Dann war der Raum plötzlich leer. Der Freund, mit dem ich gekommen war, war längst nicht mehr da. Er hatte sich nicht verabschiedet. Genau so war's. Hatte ich vergessen. Ich weiß auch nicht mehr, welche Worte zwischen Yannik und mir gefallen sind, oder ob überhaupt Worte gefallen sind, und ich weiß auch nicht mehr, wie wir den Weg zu meinem Zimmer am Seepark zurückgelegt haben. Aber wenn ich die Augen schließe und es zulasse, taucht da wieder der Rausch im Kopf, im Bauch und zwischen den Beinen auf, ich erinnere mich an die vollkommene Hemmungslosigkeit dieser Nacht oder besser dieser frühen Morgenstunden und all derer, die noch folgen sollten.

Er hatte eine Wohnung im Westen der Stadt, nicht weit vom Seepark, in der ich von da an jede Nacht und dazu den halben Morgen verbrachte. Zwei Zimmer, Küche, Bad, in dieser Wohnung gab es keinen Ort, an dem wir nicht miteinander geschlafen hätten. Erst mit der Zeit fiel mir auf, dass wir uns nie küssten. Wir taten die intimsten Dinge mit allen möglichen Körperteilen, aber wir küssten uns nie, und wenn wir zusammen ausgingen, dann traten wir nicht als Paar auf.

Nur ein Mal. Es war der Silvesterball hoch oben auf dem Tübinger Schlossberg. Noch nie war mir so nach Jahreswechsel zumute gewesen. Ich wollte alles hinter mir lassen, war ganz auf Neuanfang eingestellt. Wir fuhren in Yanniks Auto über den Schwarzwald. An diesem Rastplatz bei Hinterzarten erzählte ich vermutlich meine Anekdote von der Polizeikontrolle. Ich hatte ein atemberaubendes Ballkleid im Gepäck, ausgeliehen aus dem Theaterfundus, roter Samt, enganliegend, schulterfrei, nur am Hals von einem Knoten zusammengehalten, tiefer Ausschnitt. Die roten Riemchenschuhe dazu waren meine eigenen, hatten zum letzten meiner Turnierkleider gehört, das ich längst verkauft hatte. Wir kamen in Verkleidung. Wir bestellten Sekt und Lachscanapés, spielten verliebt, verlobt, verheiratet, als wären wir in einem anderen Lebensjahrzehnt gelandet. Es fühlte sich an, als würde der Ball nur für uns veranstaltet werden, der gedeckte Tisch, das bunte Licht, das Tanzorchester, alles war nur für uns da. Es muss voll gewesen sein, aber ich kann mich an keine anderen Menschen erinnern, nicht einmal an Theresa, die uns überhaupt erst nach Tübingen eingeladen hatte, oder ihre Freunde. Nein, wir waren bestimmt nicht allein gekommen, und doch sind sie alle aus meinem Gedächtnis verschwunden. Da ist nur Yannik im ebenfalls geliehenen Smoking, der aussieht wie gemalt und den ich mir in meiner Erinnerung nur zehn Jahre älter vorstellen kann, als er damals war. Wir tanzen. Seine Hand auf der nackten Haut meines Rückens. Beim Wiener Walzer schaut er mich andauernd an, ich ermahne ihn mit gespieltem Ernst, gefälligst seine Augen von mir abzuwenden, wie wolle er uns sonst unfallfrei durchs Gedränge lotsen? Und überhaupt sei das ganz und gar nicht reglementgemäß. Aber ab und zu bewege ich selbst den Kopf hin und her, um den Drehschwindel noch zu intensivieren. Im Laufe der Nacht war es, als füllten sich Kleid und Smoking mit Leben. Vielleicht war aber auch nur die äußere Lüge nach innen gewandert, bis innere Wahrheit und äußere Verstellung nicht mehr zu unterscheiden waren.

In den frühen Morgenstunden, seine Smoking-Jacke über meinen Schultern, die kaputtgetanzten Schuhe in meiner Hand, wandern wir über das eiskalte Kopfsteinpflaster. Über dem Neckar steht der Nebel. Wir gehen und sprechen, führen ein Zwiegespräch, das so nah ist wie nie zuvor, so nah an irgendeiner inneren Wahrheit wie nie. Für die Dauer des kurzen Weges bis zu Theresas Wohnung scheint an diesem Neujahrsmorgen alles möglich. Wir legen uns erschöpft ins Bett, wie Bruder und Schwester. Binnen Minuten ist er eingeschlafen. Er sieht aus wie ein Schuljunge, wie er daliegt auf dem Bauch, das Gesicht halb ins Kissen vergraben, mit leicht geöffnetem Mund. Mit großer Klarheit sehe ich, wie alles für einen Moment wahr ist und im nächsten schon nicht mehr. Ich weiß, dass ich ihn ziehen lassen muss, und dass ich ihn auch gar nicht haben will, nicht diesen Yannik, nicht den, der er ist, höchstens den, für den ich ihn gerne gehalten hätte. Für einen kurzen Moment halte ich an meinem Bild fest, weil es so schön ist, hänge diesem geliehenen Gefühl nach, wie man ein geliehenes Kleid für einen Abend trägt, als wäre es das eigene. Die roten Schuhe landen in Theresas Müll.

Ich hatte gewusst, dass er in ein paar Monaten nach Amerika gehen würde, um einen Teil seines Praktischen Jahres dort zu absolvieren, und ich hatte keine Illusionen, was seine eingeschränkten Möglichkeiten in puncto Treue betraf. Aber auch wenn das Ende von Anfang an absehbar gewesen war, tat es doch mehr weh, als ich geglaubt hatte. Ich half ihm noch bei der Auflösung seiner Wohnung, zusammen mit Lutz und ein paar anderen aus ihrer Mediziner-Clique. Wir packten alles in einen gemieteten Transporter und brachten es zu seinen Eltern nach Hause, die in einer kleinen Stadt im Schwarzwald lebten. Dort saßen wir dann am Esstisch, und ich musste unaufhörlich lächeln, weil es mir so bizarr erschien, wie Yannik von seiner Mutter umsorgt wurde, und wie der Vater bürgerliche Reden schwang.

Ich war neben Hannes zu sitzen gekommen. Wenn ich mich recht entsinne, hatte er schon auf der Fahrt ganz nah bei mir gesessen. Unsere Helferschar war nicht klein, und im Transporter war es eng zugegangen. Hannes bemühte sich sehr um mich, spielte den aufmerksamen Tischherren. Vielleicht fühlte er sich von meinem ständigen Lächeln ermutigt. Wie sich später herausstelle, war er völlig ahnungslos, was mein Verhältnis zu Yannik anging. Eigentlich naiv, er kannte ihn doch schon viel länger als ich. Ich glaube, Hannes hätte es wissen können. Ich glaube sogar, es war schwerer, sich einzureden, da sei nichts, als es wahrzunehmen. Für die Sache mit Hannes schäme ich mich, für ihn allerdings auch. Er hatte etwas Bedürftiges, und er hatte Vorstellungen von der Zukunft, mit denen er mich nicht verschonte. Einen Jaguar wolle er mal fahren, wie sein Vater. Das sei kein so gewöhnliches Auto. Daimlerfahren könne doch jeder Landarzt. Dabei beobachtete er ängstlich, ob seine Worte auch die beabsichtigte Wirkung auf mich ausübten. Er tat mir leid, denn es war offensichtlich, dass er hoffte, ich würde aus der Exklusivität seines Geschmacks Rückschlüsse auf seine partnerschaftlichen Qualitäten ziehen.

Aus Mitleid nahm ich seine Essenseinladung in den Süden der Stadt an. Kochen und Wein. Zu viel Wein. Er bot mir an zu übernachten, überließ mir sein Bett und machte sich ein Lager auf dem Boden. Wir redeten die halbe Nacht, und in der Dunkelheit des Zimmers begann Hannes sich aufzulösen. Es blieb nur seine Stimme und irgendwann seine Hand, die nach meiner suchte und sich weiter tastete. Nur die Stimme und die Finger auf der Haut. Am anderen Morgen hatte ich einen Kater, nicht nur wegen des Weins. Er lud mich zu einem Ausflug nach Straßburg ein (wieso wollen immer alle nach Frankreich?), und weil ich es nicht übers Herz brachte, ihm abzusagen, standen wir bald darauf stumm nebeneinander auf der Grand Île. Es muss ein Foto davon geben! Ich erinnere mich dunkel an ein paar Fotos. Und dann habe ich noch ein einziges Mal mit ihm geschlafen. In meinem Zimmer am Seepark. Bei Tageslicht. Es war grauenhaft.

Danach erzählte ich ihm von Yannik, natürlich nicht im Detail, aber Hannes flippte völlig aus. Der treibe es doch mit jeder! Das sei ein Schwein sondergleichen! Wenn er das gewusst hätte. Wir müssten sofort einen HIV-Test machen, beide, auf der Stelle! Er spielte sich auf, als sei er der Rächer meiner Ehre und der Retter meines Lebens. Ich ging zu meiner Hausärztin, die sich wie eine Freundin verhielt und bald Entwarnung gab. Dann schrieb ich eine wütende E-Mail an Yannik, der gekränkt reagierte. Ob ich denn tatsächlich glaubte, dass er sich und mich und andere in Gefahr bringen würde? Schließlich sei er Arzt.

Du kannst mir vertrauen. Kann man einem Betrüger vertrauen? Einem Lügner glauben? Man muss die Kategorien verschieben, darf den Betrug nicht Betrug nennen, die Lüge nicht Lüge. *Wie immer du es nennen willst.* Man muss andere Worte finden, sich andere Worte zurechtlegen, mit denen man das Ding behängt und schmückt, es bekleidet und frisiert, und man muss das Kind zum Schweigen bringen, das laut rufen will, der Kaiser sei nackt und ein Betrug ein Betrug und eine Lüge eine Lüge.

Beim Abendessen erkläre ich den Kindern und Alexander, dass ich vor Weihnachten unbedingt noch Theresa besuchen müsse. Wir hätten uns ewig nicht gesehen, und so könne das Jahr nicht zu Ende gehen. Dass auf halbem Weg zwischen Offenburg und Straßburg die Île du Rohrschollen liegt, eine Rheininsel im Niemandsland zwischen hier und dort, bequem in dreißig Autominuten aus beiden Richtungen zu erreichen, sage ich nur Stéphane.

Alexander sage ich, dass ich bereits am Freitag fahren wolle. Er könne doch einen seiner seltenen Homeoffice-Tage einlegen, ausnahmsweise. Freitag hin, Samstag zurück, das sei doch kein Ding. Alexander grummelt herum, dann konsultiert er seinen Kalender und lenkt ein. Er wundert sich nicht, dass ich unbedingt mit dem Auto fahren und nicht den Zug nehmen will, wo ich mich doch sonst vor der Fahrerei drücke. Tausende Kilometer Urlaubsfahrten musste er deshalb schon alleine bewältigen. Manchmal frage ich mich, wie gut er mich wirklich kennt.

Alexander und ich waren erst ein halbes Jahr zusammen, da zogen wir in eine gemeinsame Wohnung. Eine Beziehung, die sechs Monate lang auf fünfundzwanzig Quadratmetern und in einem neunzig Zentimeter breiten Bett funktioniere, müsse doch erst recht auf neunzig Quadratmetern eine Zukunft haben, versicherten wir uns gegenseitig. Tagsüber schrieb ich an meiner Doktorarbeit und abends, wenn er von der Arbeit nach Hause kam, fielen wir übereinander her. Nicht lange nach unserem Einzug, ich sehe es mehr wie ein Bild vor mir, denn als Szene, sitzen wir befriedigt im dunklen Wohnzimmer, ich auf seinem Schoß, den Kopf an seine Brust gelehnt. Er streicht mir übers Haar und sagt, wie schön es sei, dass er mich nun vollständig kennen würde. Erst war ich entsetzt, dann habe ich ihn ausgelacht. Ich weiß nicht, ob er es verstanden hat.

Während Alexander unten die Küche aufräumt und sich deshalb für einen modernen Mann hält, suche ich oben auf dem Dachboden nach den Resten meiner alten Tagebücher, in der Hoffnung etwas zu finden, was mir mit meinem neuen Schreibprojekt weiterhilft. Ich glaube zwar, mich zu erinnern, dass ich sie vor langer Zeit peinlich berührt von den Ergüssen einer Heranwachsenden vernichtet hatte, auf alle Fälle noch bevor wir hier ins Haus gezogen sind, aber ganz sicher bin ich mir nicht. Vielleicht ist doch noch etwas von früher übrig.

Im Gerümpelschrank unter dem Dach stoße ich auf alte Reiseführer, Wörterbücher und Lexika. Noch weiter hinten stehen Lehrbücher der Wirtschaftswissenschaften und der Anglistik. *A Handbook to English Romanticism, Mad Women in Romantic Writing*. Neugierig blättere ich in den roten Taschenbüchern, *Geschichte der englischen Lyrik 1 und 2, Abriß der englischen Metrik*. Ungelesene Romane füllen in Zweierreihung einen Regalboden, geschenkte Gegenwartsliteratur lebender Autoren von zur jeweiligen Zeit aktuellen Bestsellerlisten, die ich nie gelesen oder nach den ersten Seiten aufgegeben habe. Es sind auch missglückte Geburtstagsgeschenke für Alexander darunter – von anderen Leuten, nicht von mir. Ich habe schon vor einem halben Leben damit aufgehört, ihm Bücher aufzunötigen.

Dann fällt mir das schwarz gebundene Büchlein in die Hand, in dem ich bereits im Gymnasium angefangen hatte, Zitate zu sammeln. Ich lächle über mein schwärmerisches Schülerinnen-Ich und schlage die erste Seite auf. Lese, blättere weiter. Jetzt staune ich doch. Natürlich sind ein paar unvermeidliche Klassiker, Song-Texte und andere kitschige Sachen dabei, auch Jans schwülstiges Gedicht. Es steht sogar sein voller Name darunter. Aber bei so manchem, was ich damals notierenswert fand, bleibe ich noch heute hängen: das Ungenügen der Sprache, die Unsagbarkeit der wahrhaft wichtigen Dinge, das Risiko, das in dem Versuch steckt, sein Leben wirklich zu leben, die Gefahr, sein Leben zu verpassen, weil man nicht lebt, um zu leben, sondern nur, um andere glauben zu machen, man hätte gelebt. Dazu der trotzige Spruch aus meiner eigenen Feder, der in der wilden Zeit entstand, als es mit meiner großen romantischen Liebe zu Ende ging: *Lieber hoch hinauffliegen und abstürzen, als immer nur am Boden herumzukriechen, ohne je zu wissen, wie es ist, zu fliegen.*

Kurz darauf der letzte Eintrag. Es ist ein Zitat von Umberto Eco, und ich schenkte es Friedrich zum Abschied:

Das Bedürfnis sich zu verlieben: Gewisse Dinge spürt man kommen, man verliebt sich nicht einfach, weil man sich verliebt, man verliebt sich, weil man in der betreffenden Zeit ein verzweifeltes Bedürfnis hat, sich zu verlieben. In solchen Zeiten, wenn du die Lust verspürst, dich zu verlieben, musst du gut aufpassen, wohin du die Füße setzt: Es ist, als hättest du einen Liebestrank getrunken, einen von denen, die dich in das erstbeste Wesen verliebt machen, das dir begegnet. Könnte auch ein Schnabeltier sein.

4

Am Freitag fahre ich los, bevor alle anderen wach sind. Ich will zum Frühstück bei Theresa sein. Ich, die immer gleich jammert, wenn jemand mal schnell fährt und die sich gerne an die Geschwindigkeitsbeschränkungen hält, fliege mit hundertachtzig über die Autobahn. Ich singe in Dauerschleife ein Duett mit Billie Joe Armstrong, *I'm still breathing on my own*. Genau meine Stimmlage. Alexander hasst es, wenn ich laut Musik höre, egal ob Green Day oder Mahler. Ich sehe davon ab, meine Augen zu schließen. Hast du Angst vor dem Tod, fragt Billie Joe in meinem Kopf. Nein, denke ich sofort. Ich habe auch schon lange keine Angst mehr vor dem Leben. Nur: seit ich Kinder habe, habe ich Angst davor, vor der Zeit zu sterben. Ich kann sie doch nicht allein lassen, solange sie nicht die Verantwortung für sich selbst tragen können. Ich habe sie in die Welt gesetzt, wir haben sie in die Welt gesetzt. Es ist die größte Abhängigkeit, in die man ein Wesen auf dieser Welt bringen kann, die einzige Sache, die man nicht ungeschehen machen kann. Ich bin nie gerne geflogen, aber auf der ersten Flugreise nach Mattis Geburt hatte ich zum ersten Mal Angst um mein Leben. Es war ein Geschäftstermin irgendwo in Europa, und die Erkenntnis, dass ich jemandem fehlen würde, traf mich wie ein Schlag. Vor den Kindern hatte ich oft das Gefühl, es sei völlig egal, ob ich lebte oder nicht. Das war kein verzweifeltes Gefühl gewesen, eher gleichgültig und befreiend.

»Hast du schon gewusst, dass du ihn hier triffst, als du angerufen hast?«, fragt Theresa über ihre Kaffeetasse hinweg. Nein und ja, lautet die Antwort. Die Möglichkeit habe in der Luft gelegen, aber ergeben habe es sich erst im Laufe der Woche.

Stéphane schreibt: Ich habe drei Stunden Zeit. Wir können am Rhein spazieren und reden, oder hattest du an mehr gedacht? *Je t'embrasse fort.*

Theresa sitzt vor mir, schmal und blass sieht sie aus. Ich stelle mein volles Herz hinten an und will hören, was bei ihr los ist. Viel zu viel Arbeit, die Kollegin, die die Kursstufe in Religion unterrichten sollte, ist auf nicht absehbare Zeit krank, stapelweise Deutschaufsätze wollen korrigiert werden, Eltern nerven, Weihnachten steht vor der Tür, Krippenspielproben, Sternsinger am Start. Mit ihren Kindern ist sie so gut wie immer allein. Ihr Mann macht am liebsten was für sich und verschanzt sich hinter der Behauptung, er könne das nicht, sobald es darum geht, Dinge zu tun, mit denen man nicht offene Türen bei den Kindern einrennt. Dann erklärt sie mir, dass ich oben im Arbeitszimmer übernachten werde, denn unten im Gästezimmer schlafe Friedemann. Schon lange.

»Ich dachte, ihr findet euch so unwiderstehlich?«

»Das ist doch ewig her! Bei mir im Bett schlafen nur noch die Kinder. Der Herr braucht seine Nachtruhe.«

»Immerhin habt ihr drei gemacht.«

»Vier. Wenn alles gutgegangen wäre.«

Fünf Kinder wolle sie, hatte sie damals erklärt, im Garten ihrer Eltern. Mindestens fünf. Sie in der Hängematte mit dem Blick durch die Baumkrone in den Himmel und ich auf einem Gartenstuhl, vornübergebeugt beim Lackieren der Fußnägel. Ich hatte keine Übung darin. Ich will keine Kinder, hatte ich gesagt und versucht mir vorzustellen, wie es sein würde, wenn wir erwachsen wären: ich auf einem Stuhl in ihrem Garten, der voller Kinder war. Das vierte Kind, das das Dritte in der Reihe gewesen wäre, hatte sie in der elften Woche verloren.

»Dieses Hausfrau-Mutter-Gen geht mir immer noch ab …«, sage ich und nehme mir noch ein Plätzchen. Unzählige Sorten hat sie gebacken. Das mache sie glücklich, sagt sie. Es sei nicht das Schlechteste, wenn man sich sein Glück selber backen könne, sage ich.

»Wenn Friedemann mich wenigstens ab und zu mal so anschauen würde, als wäre ich eine Frau. Und wenn ich ihn anfasse, erstarrt er förmlich. Das ist nicht besonders einladend. Schau, das sind dieses Jahr meine Favoriten.« Sie preist die Kombination aus Schoko, Karamell und Mürbeteig, die im Mund zu einer lustvollen Masse verschmilzt.

»Ich könnte gut eine Ehe ohne Sex führen. Man macht sich doch was vor! Als ob das ginge, Beruf, Kinder, die ganze Lebensorganisation – und nachts soll man noch Kapazität für den Partner haben. Verantwortungsbewusstsein und Verlangen vertragen sich nicht. Vielleicht kommt das wieder. Aber im Moment? Und er sagt einfach: Ich brauch's halt. Soll ich dann sagen: Ich brauch's halt nicht? Zumindest dachte ich das bis vor Kurzem.«

»Das ist nur ein Symptom, nicht das Problem.«

Wie ich diese Frau liebe.

»Aber wenn dein Mann dir dauernd vorrechnet, wie lange er noch arbeiten muss, damit wir ohne finanzielle Einbußen unseren Lebensabend verbringen können. Lebensabend! Und Sachen sagt wie: Das geht jetzt alles immer so weiter, denn was soll sich noch groß ändern? Oder: Ich wünschte, die nächsten zehn Jahre wären schon vorüber! Das ist ein Problem. Da stellt bei mir alles auf Alarm. Das muss er doch wissen? So gut müsste er mich doch kennen? Zehn Jahre! In zehn Jahren sind die Kinder fast aus dem Haus. In zehn Jahren bin ich fast sechzig!«

»Ende fünfzig.«

»Egal, ist doch kein großer Unterschied. Ich habe nur dieses eine Leben, und dann ist Schluss, anders als bei dir mit deinem lieben Gott. Ich komme aus dem Nichts, und ich gehe ins Nichts. Damit hadere ich nicht. Aber die Zeit dazwischen? Ich werde dafür sorgen, dass da noch was kommt! Man kann doch nicht nur dahocken und warten und Angst haben. Was weiß ich, was in zehn Jahren ist? Vielleicht ziehe ich doch noch nach London oder lebe am Ende der Welt, oder ich bin berühmt oder schon tot.«

Theresa geht in die Küche, um noch einen Kaffee rauszulassen, ich rufe ihr nach: »Ich will mich nicht trennen! Auf keinen Fall.«

»Keine Ehe ohne Krisen«, sagt Theresa und fängt an Beispiele aufzuzählen, nach etwa zehn hört sie auf. Wir lachen. Dann sagt sie, Alexander sei immer schon verliebter in mich gewesen als ich in ihn. Ich betrachte den Milchschaum auf meiner Tasse.

»Weißt du, ich glaube, was man so Liebe nennt, ist ein egoistisches Gefühl. Man braucht und missbraucht den anderen für sein eigenes Verliebtheitsgefühl. Man liebt seine Verliebtheit, nicht den anderen. Man liebt das Gefühl, dass man jemanden begehrt und dass man begehrt wird, aber nicht den anderen. Den kennt man nämlich gar nicht, nur das verlockende Bild, das man sich von ihm gemacht hat, und mit dem man notdürftig kaschiert, dass es eigentlich der verlockende Körper oder die verlockenden Lebensaussichten sind, nach denen man sich sehnt. Nach einer gewissen Zeit der Verliebtheit stellt sich dann die notwendige Enttäuschung ein. Ich dachte immer, das wäre die Phase, in der das fehlerhafte Bild, mit dem man sich getäuscht hatte, mit dem wahren Wesen des anderen überschrieben wird, und wenn das gelänge, dann wäre das der Übergang von der Verliebtheit zur Liebe. Aber ich hatte nicht damit gerechnet, dass man auch auf halbem Weg stehen bleiben kann, und dass es das vielleicht gar nicht gibt, das wahre Wesen.«

»Menschen verändern sich eben.«

»Bist du sicher? Vielleicht aber sind es nur die veränderten Umstände, die die Person verändert erscheinen lassen. Was als Paarbeziehung wunderbar funktioniert, kann als Elternbeziehung erbärmlich scheitern.«

Das Gefühl meiner ersten Schwangerschaft. Risikoschwangerschaft. Vor zehn Jahren. Theresa hört aufmerksam zu, obwohl sie die meisten der Sätze, die ich jetzt sage, schon kennt. Während mein Körper und ich nach irgendeinem Naturplan gänzlich umgebaut wurden, während ich mich fragte, ob ich meine berufliche Position, die ich mir hart erarbeitet hatte, würde halten können, und während ich befürchtete, am Ende nicht nur ein Kind, sondern dank meines Mannes, der sich in der Rolle des kleinen Jungen so gut gefiel, gleich zwei Schutzbefohlene zu haben, die ständig nach Aufmerksamkeit und Fürsorge schrien, änderte sich für Alexander erstmal nichts. Er hatte keine Ahnung. Abgesehen von der Broschüre, die uns der Frauenarzt mitgab. Er hatte sich etwas darauf eingebildet, dass der Arzt gesagt hatte, nur wenige Väter kämen so oft mit zu den Vorsorgeuntersuchungen. Auf dem Monitor, der angeblich mein Innerstes zeigte, betrachteten wir das Wesen, das in meinem Bauch heranwuchs, und während ich Bild und Gefühl zur Deckungsgleichheit zu bringen versuchte, unterhielten sich die Männer über die technischen Daten des Ultraschallgeräts und die Amortisationszeit einer Praxisausstattung. Zu keinem Zeitpunkt hat Alexander auch nur versucht zu verstehen, was mit mir passierte. Ihm kam überhaupt nicht in den Sinn, dass ich jemanden brauchte, der mit mir fühlte, was ich fühlte. Ich wünschte mir so sehr, dass er mir nahe wäre. Aber anscheinend lag das alles außerhalb seines Wahrnehmungshorizonts. Ich versuchte, meine Traurigkeit auf das hormonelle und emotionale Chaos der Schwangerschaft zu schieben, von dem man überall las. Und doch trauerte ich um dieses nicht eingelöste Beziehungsversprechen. Bei der zweiten Schwangerschaft war es nicht anders, nur ahnte ich dieses Mal bereits, wie es laufen würde, und ich versuchte, die Erwartungen klein zu halten. Mit wenig Erfolg.

Auf dem Weg zur Rheininsel singe ich wieder mit Billie Joe Armstrong. Ich könnte Stéphanes Chansons hören, die ich mir aufs Handy geladen habe, aber so gut gefallen sie mir auch wieder nicht. Dafür gefällt er mir umso mehr. Wir treffen uns auf einem Parkplatz. Er sieht noch genauso aus, wie vor zwei Wochen, nur der Bart ist mehr geworden.

»Und? Küsst er gut?«, will Theresa wissen.

»Ich weiß nicht …«

»Was soll das heißen, du weißt nicht? Ich finde das wichtig.«

»Ist es wichtig? Ich meine, ich habe noch nie einen getroffen, der gut küssen kann.«

Meine alte Geschichte vom ersten Kuss. Der Junge in den Dünen von La Torche. Wir verbrachten die Ferien mit Theresas Eltern im Haus am Meer und zogen mit den Dorfjungs herum, die deutlich älter und erfahrener waren als wir. Ich versuchte mich mit meinem einen Jahr Schulfranzösisch. Der Junge am Strand. Seine Zunge war wie eine Schnecke in meinem Mund. Ich war völlig überrumpelt. Ich wollte das nicht und habe ihn weggestoßen.

»Zum Glück ist nicht mehr passiert, sagt mein heutiges Mutter-Ich.«

»Jedenfalls hat sich vorhin alles sehr gut und richtig angefühlt. Und dass er raucht, stört mich auch nicht.«

»Wenn du mit ihm zusammen wärst, würdest du ihn irgendwann dafür hassen.«

Am Abend gehen wir noch etwas trinken, obwohl die Kleinste klagt, dass sie ohne die Mama nicht einschlafen könne. Dieses eine Mal ist das nun Friedemanns Problem. Für ein paar Stunden ist es wie früher, wir reden über Wesentliches. Ich rede auf Theresa ein, dass man die Dinge tun müsse. Worauf warten? Die Zeit rase wie verrückt. Sie müsse Friedemann endlich mehr zumuten, und den Kindern. Warum nicht zusammen in die Bretagne fahren? Nur sie und ich. Seit wir Mütter seien, hätten wir es nicht mehr geschafft, gemeinsam zu verreisen. Seit vierzehn Jahren warte auf uns das Haus am Meer.

Ich erzähle ihr von meinen Schreibplänen. Vielleicht müsse die Geschichte, die ich schon so lange mit mir herumtrage, doch wieder warten, sage ich. Theresa weiß, wovon ich rede. Ich tanze seit einer Ewigkeit um dieses Geschwister-Thema herum, mache Versuche in die eine oder andere Richtung. Es ist das Buch, für das ich meine Stelle kündigte. Es ist der Roman, den ich immer schreiben wollte.

Und dann war das andere Buch dazwischengekommen. Hatte sich einfach aufgedrängt. Eines Morgens, nachdem ich wieder einmal tagelang mit meinem Thema gerungen hatte, fing ich an, die ersten paar Sätze zu notieren, aus denen schließlich die ironische Bestandsaufnahme der Mutterfreuden einer Akademikerin erwuchs. Es passte schön ins Bild der schreibenden Mutter, die ihr reiseintensives Managerinnendasein für die Familie und ein bisschen Selbstverwirklichung aufgibt und zu allererst an ihre Kinder denkt. Klappentext:

Eine zweifache Mutter beschreibt witzig und respektlos, was keine Frau zugeben mag: Kinder zu haben ist anstrengend, dreckig, undankbar und manchmal ganz schön beängstigend. Es schrieb sich leicht. Es war leicht. Und es war ungefährlich, denn die Abgründe, die es auch enthielt, hatte ich so gut versteckt, dass sie höchstens Theresa aufspüren würde. Oder Alexander, wenn da nicht der eingeschränkte Wahrnehmungshorizont wäre. Ein mutloses Debüt. Aber ein Debüt. Und es fand seine Leserinnen, und die fanden es scharf beobachtet und toll geschrieben. Als ob das genügte.

»Gut schreiben können viele. Darum geht's nicht«, sage ich.

»Naja, viele? Das kommt auf die Vergleichsgröße an. Du müsstest mal den Quark sehen, den meine Schüler so zusammenrühren. Der Scheffelpreis für die beste Leistung im Deutschabitur wird auch dieses Schuljahr wohl wieder für die am wenigsten schwache Leistung verliehen. Und zu unserer Zeit war das doch auch nicht viel besser.«

»Mein Abi-Aufsatz war viel besser als deiner!«, sage ich mit gespielter Empörung.

»Ich hätte eben doch das Kleist-Thema nehmen sollen, wie du.«

»Habe ich doch gar nicht. Ich habe über Danton geschrieben.«

»Nein. Marquise von O., Kleist.«

»Als ob ich das nicht mehr wüsste! Büchner, ganz sicher. Texterörterung. Ich weiß sogar noch die Stelle.«

In dem Moment, in dem ich das sage, kommen mir selbst Zweifel. Womöglich ist die Stelle, an die ich mich zu erinnern meine, ein Textausschnitt, den ich in mein Zitate-Album übertragen hatte, *Der Einzelne nur Schaum auf der Welle, die Größe ein bloßer Zufall.*

»Du weißt, warum sie dir den Preis nicht gegeben haben?«

»Weil du soviel besser warst?«, grinse ich.

»Nein. Weil du nie da warst. Du hast die Hälfte der Zeit geschwänzt. Bist lieber mit deinem Friedrich herumgezogen, statt dich im Deutsch-Leistungskurs zu langweilen.«

»Ich kann mich nicht erinnern«, sage ich ehrlich erstaunt.

Als mich mein Verleger im Herbst nach dem zweiten Buch fragte, erzählte ich ihm von »meinem« Thema, das so ganz anders war als die Müttersatire. Ich redete ins Blaue hinein und wartete ängstlich auf seine Reaktion. Er hörte sehr aufmerksam zu, stellte kluge Fragen und ermutigte mich loszulegen.

Aber anscheinend kommt mir schon wieder eine andere Geschichte dazwischen.

»Du kannst jederzeit ins Finistère fahren, an die Pointe de la Torche ins Haus«, sagt Theresa, »wenn du mal ohne Ablenkung schreiben willst.«

Finis terrae! Ich wünschte, ich könnte tatsächlich ans Ende der Welt gelangen. Zum Abschied am anderen Morgen sage ich zu Theresa, man solle die Dinge bereuen, die man getan hat. Nicht die, die man nicht getan hat.

Ich schreibe: Es hat sich alles gut und richtig angefühlt auf unserer Rheininsel. Du scheinst ein tolles Schnabeltier zu sein.

Stéphane schreibt: Ich fand auch, dass es sich gut und richtig angefühlt hat. Nur das Wort »verlieben« in deinem Eco-Zitat hat mich ein bisschen erschreckt. Aber in unserem Alter heißt das ja nicht mehr, dass man gleich heiraten will.

Ich schreibe: Ich gehe davon aus, dass keiner von uns noch an die große romantische Liebe glaubt. Ich habe jemanden, du hast jemanden, der teilhat an den Dingen, die im Wesentlichen unser Leben ausmachen. Ich hege keine wilden Ausbruchsphantasien. Wir müssen uns nichts vorspielen und uns nichts versprechen. Wir schulden uns nichts.

Es gab eine Neue. Ich weiß nicht mehr, was Friedrich von ihr erzählte, nicht viel vermutlich. Obwohl er vor Wochen mit mir Schluss gemacht hatte, rief er immer noch regelmäßig an und sagte Dinge wie: Er könne mit keiner Frau der Welt so gut reden wie mit mir. Ich meine mich daran zu erinnern, dass sie Pharmareferentin war. Er hatte noch nie gut allein sein können, und in seiner Not war er mit offenen Sensoren herumgelaufen, hatte auf Empfang geschaltet, sein Bedürfnis, sich zu verlieben, zu Markte getragen. Jede hätte es treffen können. Auch ein Schnabeltier.

Ich fertigte eine Bleistiftzeichnung von dem seltsamen Tier an. Ein eierlegendes Säugetier, ein Ursäuger, ein lebendes Fossil, in dem Entwicklungsmöglichkeiten in alle Richtungen angelegt scheinen, das mit allen und keinem verwandt ist. Als die ersten präparierten Tiere in der Alten Welt ankamen, glaubte man, der Präparator hätte sich einen Scherz erlaubt und ein Tier aus verschiedenen Arten zusammengestückelt. Beim Tauchen verschließt das Schnabeltier Augen und Nase mit einer Haut und ortet seine Jagdbeute mittels eines Resonanzverfahrens. Mit seinen überaus feinen Tastkörperchen auf dem Hornschnabel kann es die Muskelbewegungen seiner Beute unter Wasser praktisch erfühlen. Schnabeltiere besitzen zehn Geschlechtschromosomen. Sie haben nur einen Körperausgang zum Koten und Koitieren. Die Weibchen schwitzen Milch, und die Männchen haben einen Giftstachel. Nur zur Paarung treffen sie sich für kurze

Zeit. Stunden brauchte ich für mein Werk, viele stille Stunden. Als ich die letzten Striche gemacht und alles gerahmt hatte, fühlte ich eine angenehme Gleichgültigkeit in mir.

Ich weiß nicht mehr, warum Friedrich noch einmal kam. Vielleicht hatte ich noch etwas von ihm, was er abholen wollte. Er saß auf meinem Schreibtischstuhl und betrachtete mit einem angedeuteten Lächeln das Bild. Den Text kannte er schon länger. Dann nahm er mich bei der Hand und zog mich auf seinen Schoß. Ich schmiegte mich an ihn. Die Hände, die ich so gut kannte, streichelten meine Brüste wie vor ewiger Zeit, und ich küsste ihn noch einmal auf den Mund und schloss für lange Zeit die Augen. Es war, als würden unsere Körper voneinander Abschied nehmen. Nie hatte ich mich ihm so geöffnet wie an diesem Morgen, in sieben Jahren hatte ich ihn nicht so empfangen. Als er ging, gab ich ihm das Schnabeltier mit. Warum hat es nicht immer so sein können, war die Frage, die er bei mir zurückließ.

Wenn ich mich recht entsinne, muss ich mich zu dieser Zeit schon mit Alexander getroffen haben. So sehr ich mich auch bemühe, mir alles als Abfolge sauber getrennter Ereignisse zurechtzulegen, ist da in meiner Erinnerung nur ein einziger mit Nebel gefüllter Raum, in dem sich alles gleichzeitig abspielt.

Sicher weiß ich, dass ich gerade an meiner Magisterarbeit schrieb, auf Yanniks Computer, den er mir vor seiner Abreise nach Amerika überlassen hatte. Bis dahin hatte ich noch auf einer elektrischen Schreibmaschine getippt. Nach Yannik und Hannes und der ganzen Aufregung um sexuell übertragbare Krankheiten und Leben und Tod hatte ich ein wenig die Lust am Experiment verloren. Trotzdem ging ich weiter mit Männern aus, ins Kino, zum Essen, auf Partys, ohne Hintergedanken. Darunter waren alte Freunde, Freunde von

Freunden und neue Bekannte. Ich staunte über die Anziehungskraft, die in dieser Zeit von mir auszugehen schien, als ob ich ein Zeichen auf der Stirn trüge, das sagte: Alle hierher, die vom Zaubertrank genippt haben, hierher mit eurem Bedürfnis, euch zu verlieben! Einmal zu strahlend gelächelt, einmal zu eng aneinander vorbeigegangen, einmal zu lange in die Augen geschaut, einmal zu lange festgehalten. Dabei war es nichts weiter als Leichtigkeit und Arglosigkeit, mit der ich durch die Welt ging. Wenn das jemand nicht sehen oder wahrhaben wollte, war das nicht mein Problem. Ich war freundlich und aufgeschlossen zu jedem, der nett war, und hielt alle auf Abstand.

Dann gab es den Abend, an dem mir dieser Kerl begegnete. Er sah nett aus, ein großer, schlaksiger Typ mit braunem Wuschelkopf, und er war deutlich jünger als ich. Grundstudium höchstens. Irgendjemand feierte eine Party in der Studentensiedlung um die Ecke. Es hatte etwas mit einem Amerikaner zu tun. Wie ich an den gekommen war, erinnere ich mich nicht. Jedenfalls hatte er mich zu der Party eingeladen. Ich war enorm in Fahrt an diesem Abend, unterhielt die halbe Gästeschar, das heißt, die männliche Hälfte, tanzte, trank zu viel zu warmen Rotwein und alberte herum. Wir standen auf dem Balkon, ein paar Leute, der Wuschelkopf und ich, und da habe ich ihn mir ausgeguckt, *singled out*, von der Herde getrennt, wie eine hungrige Löwin das Gnukalb. Mich interessierte nur noch die Frage, ob ich ihn bekommen konnte. Es wurde bereits hell, als wir uns von der Party aufmachten, und schon auf der Treppe vor dem Haus setzte die Ernüchterung ein, denn er küsste wie ein Kind. Ich hoffte, dass der Rest des Rausches noch so lange anhalten würde, bis wir fertig waren. Aber die Sonne schien bereits gnadenlos auf den See und den Park und in mein Zimmer, als er sein Programm abzuarbeiten begann wie auswendiggelernt. Ich ließ seine Bemühungen über mich ergehen, betrachtete die Zimmerdecke und bereute die ganze Aktion. Das ist alles, woran ich mich erinnere, und daran, dass er eine Uhr trug, die er bei mir vergaß und die ich ihm am Abend nach unserem Morgen in die Kneipe brachte, wo er jobbte. Er nahm sie, ohne sich zu bedanken.

Stéphane schreibt: Wie wollen wir es machen mit unserer Begegnung?

Ich schreibe: Es müsste irgendwo sein, wo dich und mich keiner kennt, fernab meines und deines Lebens, denn es soll ja nicht enden, mein jetziges Leben, so wenig wie deines. Vielleicht müsste es am Ende der Welt sein.

Ich muss wahnsinnig sein! Ich schreibe ihm Dinge, über die ich nicht einmal mit Theresa so offen reden würde, und er schreibt mir Phantasien, die mich nachts nicht schlafen lassen vor lauter Verlangen. Wo fängt der Tatbestand des Betrugs an? Bei den Bildern im Kopf oder der eigenen Hand zwischen den Beinen oder wenn es zwei gemeinsam tun? Oder erst, wenn sich das, was sich im Kopf, am eigenen Körper oder mit dem Körper eines anderen abspielt, in die bestehende Beziehung hineinfrisst wie ein schleichendes Gift und ursächlich etwas zerstört?

Abspringen

5

Ich hocke in meinem Arbeitszimmer auf dem Boden und verpacke Weihnachtsgeschenke. Es kommt mir vor wie ein schlechter Witz, als ich Stéphanes CD für Alexander in rotes Sternenpapier einwickle. Erst ist das Papier viel zu groß, ich schneide es kleiner, jetzt überlappt es nicht mehr. Ich zerknülle das rote Sternenpapier und nehme ein goldenes. Ich überblicke die unverpackten Sachen, um abzuschätzen, ob ich mit dem Rest des Stücks, das ich gleich zuschneiden werde, noch etwas anfangen kann. Ich habe Alexander drei weitere Geschenke gekauft, als ob das eine nicht zähle. Ich weiß einfach nicht, was ich dir schenken soll, sagt er immer. Dann streng dich an, denke ich. Immer wieder. Hör mir zu, lass dich auf mich ein, beobachte mich, finde heraus, was mir gefällt. Gib mir Raum in dir. Verdammt.

Stéphane schreibt: Ich werde wohl über Weihnachten kaum zum Schreiben kommen. Bin schon im Feiertagsmodus und kann mich nicht in Stimmung bringen, dir Phantasien zu schreiben. *Tu me le pardonnes …?*

Leicht hätte es sein können, dass Alexander und ich nie zusammengekommen wären. Seine übervorsichtige Art ärgerte mich. Ständig fragte er nach meiner Meinung, bevor er seine äußerte, die dann meiner frappierend ähnelte. Er fand alles toll, was ich toll fand. Und wenn er keine Ahnung von den Dingen hatte, dann war er davon überzeugt, dass er alles toll finden würde, sobald er mehr darüber wüsste. Er stammte aus der Gegend und war nach einem zügigen Betriebswirtschaftsstudium längst ins Berufsleben eingestiegen. Er arbeitete bei einer Privatbank in der Schweiz und fuhr ein Auto, von dem er stolz erzählte, er habe es nach nur sechs Monaten von seinem Gehalt als Neuwagen gekauft. Er nannte den Kaufpreis, der so hoch war, dass ich mein halbes Studium damit hätte finanzieren können. Er war ungefähr so alt wie ich, verkehrte aber in anderen Kneipen, schaute andere Kinofilme und war noch nie im Theater oder in einer Kunstausstellung gewesen. Und er las nicht. Er trug Hemden, die ihm seine Mutter kaufte, und eines Tages brachte er sogar Blumen mit. Er fand es nötig zu erklären, dass heute der Geburtstag seiner Mutter sei, und er einen Strauß für mich mitgekauft habe. Aber weil er nett und anhänglich war, ging ich weiter mit ihm aus. Er war der Freund eines Freundes, und ich war freundlich und aufgeschlossen und hielt ihn auf Abstand.

Es gab nicht den einen Grund für unsere erste Nacht. Vielleicht gab es überhaupt keinen. Vielleicht war es gerade seine harmlose Anständigkeit und Zurückhaltung, die mich herausforderte. Vielleicht wollte ich ihn überrumpeln, ihn aus der Bahn werfen. Wir standen auf der Treppe vor dem Haus, derselben Treppe, auf der ich auch mit dem Wuschelkopf gestanden hatte, mit Hannes und Yannik, die mit hineingegangen waren, und mit Thees, der mit hineingegangen war, ohne dass je etwas passiert wäre, und mit den unzähligen anderen, denen ich einfach die Tür vor der Nase zugemacht hatte. Alexander nahm ich bei der Hand und zog ihn mit hinein. Und er ist nie wieder gegangen. Er überschüttete mich mit seiner Liebe und badete mich so lange in seinem Glück, bis ich seine Färbung annahm. Jahrelang erzählte er jedem unsere Geschichte, die hauptsächlich seine Version der Geschichte war.

Noch heute gibt es diese Geschichte. Sie hat sich abgenutzt, wurde geschliffen und gekürzt, aber es ist immer dieselbe Geschichte: Wie er mich am anderen Ende des Tresens mit seinem alten Schulfreund sah, wie er nur noch denken konnte, das darfst du nicht vermasseln. Das darfst du nicht vermasseln. Wie er neben uns stand und sich lächelnd meine bissigen Bemerkungen über das Studium der Betriebswirtschaftslehre anhörte, für das man keinerlei besondere Begabung brauche, nur ein bisschen Speicherkapazität im Hirn und viel Fleiß. Wie er mit der Nutzlosigkeit der unverständlichen Bücher, die man ihn zu Schulzeiten zu lesen gezwungen habe, dagegenhielt und erschrocken dazusetzte, er meine ja nur, und mich fragte, ob ich ihm vielleicht das eine oder andere wirklich lesenswerte Buch empfehlen könne. Wie er unbeholfen mit mir tanzte, obwohl er sonst, wie er mir später gestand, lieber nur am Rand stand und zuschaute. Wie er sich an den Nachhauseweg nicht mehr erinnern konnte, aber daran, dass er bis früh am Morgen wach lag und dachte, das darfst du nicht vermasseln, und sich dann an den Computer setzte, um drei Zeilen Text für seine erste E-Mail an mich aus sich herauszuwringen. Wie er sich die Romane besorgte, die ich ihm empfahl, und behauptete, dass sich ihm eine neue Welt öffne, und es wohl an der Zeit sei, seine Vorurteile gegenüber Geisteswissenschaftlern über Bord zu werfen. Wie er sich nicht von meiner Aussage abschrecken ließ, wegen der Prüfungsvorbereitungen und auch sonst keine Kapazität für einen Mann zu haben. Und wie er am Ende mit seiner

Mischung aus Zurückhaltung und Hartnäckigkeit alles richtig gemacht und mich erobert hatte, vor einem, zwei, fünf, vor einundzwanzig Jahren.

Am ersten Weihnachtsfeiertag stehe ich wieder vor dem Dachbodenschrank. Seit Tagen keine Nachricht von ihm. Unten spielen die Kinder mit ihren neuen Sachen, die Großeltern, die über die Feiertage zu Besuch gekommen sind, machen einen Spaziergang, und Alexander sitzt vor dem Computer. Vermutlich kümmert er sich um unsere Finanzangelegenheiten oder prüft, welche zusätzlichen Versicherungen noch vor Jahresende abzuschließen wären. Dann wird er mir stapelweise Kleingedrucktes vorlegen und gequält schauen, wenn ich direkt zur letzten Seite blättere und einfach unterschreibe.

Er hat mir wieder eine Uhr geschenkt. Seit zehn Jahren trage ich keine Uhr mehr. Seit Matti auf der Welt ist. Am Abend vor seiner Geburt legte ich die letzte Uhr, die Alexander mir geschenkt hatte, in die Nachttischschublade. Dort fand ich sie erst wieder, als wir ins Haus umzogen. Fünf Wochen zu früh war Matti zur Welt gekommen. Ein Frühchen. Nichts war so wie in der Baby-Broschüre, nichts war so wie gedacht. Weder dauerte die Geburt zwölf und mehr Stunden, noch verkürzten sich die Wehenintervalle von Stunde zu Stunde, noch steigerte sich die Intensität der Wehen von Mal zu Mal. Um sechs Uhr in der Früh verlor ich komplett die Kontrolle über meinen Körper und mein Leben, und Matti stürzte auf die Welt. Fast hätten wir es nicht mehr ins Krankenhaus geschafft.

Irgendwo müssen doch diese E-Mails sein. Ich bin sicher, dass ich sie ausgedruckt und im Copyshop hatte binden lassen, die E-Mails, die Alexander und ich uns nach der ersten

Begegnung am Tresen schrieben. Da entdecke ich die rote Kladde. Ist etwa doch eines der Tagebücher übriggeblieben? Beim letzten Mal war alles, was ich noch gefunden hatte, ein leeres Buch gewesen, aus dem die vordere Hälfte ausgerissen war. Ich war sicher gewesen, dass ich alles vernichtet hatte. Ich schlage die rote Kladde auf und fange an zu lesen.

Samstag, 10. August 1996. Beim Start bleibt ein bunter Teppich genau gezirkelter Rechtecke zurück, erbgeteilte Klein- und Kleinstparzellen, kleinkariert. Immer wieder schieben sich dünne Wolkenschleier über die Kästchenflächen. Plötzlich nichtig und klein. An Bord läuft das Sicherheitsprogramm, während wir in die undurchsichtigen Himmelsschichten aufsteigen. Ich frage mich, ob es schlimm wäre, im Flugzeug zu sterben. Man ist doch sowieso schon der Erde entrückt und könnte fast in philosophische Stimmung geraten, wären da nicht diese freundlichen Flugbegleiter, die einen wieder auf den Boden der Tatsachen zurückholen. Mein Mitflieger, dessen Beistand mir schon beim Einchecken zuteilwurde, ist ein weiterer Realitätsfaktor. Unsere sehr diesseitigen Diskussionen drehen sich um Kontaktlinsen und Sport. Auf Reiseflughöhe gibt es Hähnchen mit Reis in Plastikschalen, und plötzlich taucht aus dem blauen Wasser des Ärmelkanals, das von hier oben ganz ledrig aussieht, dieses Patchwork aus unregelmäßigen, grün bordierten Flicken auf. *It's Britain!* Die grüne Decke zieht sich über die Insel, und dazwischen der wilde Wald, der seine tausend Arme übers Land flicht. Und plötzlich London. Selbst hier ist jeder Straßenzug noch mit grünen Bändern gesäumt. Dann kommt die Erde wieder näher, und London wird zur Großstadt. Flughafen, Menschen, Stimmen, die Strömung weist den Weg. Idiotensicher zur Tube. Ich bin froh, als ich meinen diesseitigen Mitflieger und seine bei der Ankunft angetroffene Schwester in der Piccadilly Line zurücklassen kann, zusammen mit ihrem kleinkarierten Deutsch.

In der Bahn sitzen mir zwei Schönheiten gegenüber. Die eine würde Friedrich sicher gefallen. Ich gratuliere mir zu meinem Verständnis und meiner Toleranz und widme mich dem Zählen der Stationen bis Gloucester Road, wechsle in die Tube nach Paddington, von wo der Zug nach Bath startet. Ich stelle befriedigt fest, dass der englische Gentleman eine reale Einrichtung ist und auf der Insel anscheinend als Ersatz für fehlende Rolltreppen in Bahnhöfen zum Einsatz kommt. Zwar muss frau selber gehen, aber der Koffer wird getragen.

In the train to Bath a Scotsman called Edmund Lahm suddenly said to me that he found me attractive and interesting, despite his natural shyness he hoped I found it would please me as much as it did him. Good luck, Edmund, 10th of this month.

Das ist mein England-Reisetagebuch! Und diesen Edmund hatte ich vollständig aus meinem Gedächtnis gelöscht. Erst als ich weiterlese, stellen sich die vagen Umrisse der dazugehörigen Bilder ein.

Die kleinen Überraschungen des Lebens! Die Frage bleibt, ob Schotten nun geizig, schüchtern oder einfach nur minimalistisch sind. Taucht kurz vor Swindon dieses Rob-Roy-Double aus dem hinteren Nichts des Zugabteils auf, nett und unaufdringlich. Schreibt seinen Spruch und seine Nummer in mein Notizbuch und steigt aus.

Wie ich mich über das Kompliment freue, als ob ich es gerade erst bekommen hätte! Dabei gehört es einer längst vergangenen Zeit an. Fast scheint es mir, die Freude habe erst die Erinnerung zurückgebracht, wie ein stumm angeschlagener Akkord, der ganz unerwartet erklingt, wenn sich die geräuschhafte Aufregung wieder gelegt hat. Vielleicht bleibt doch von allen Erfahrungen immer eine Spur zurück, wird nichts vollständig gelöscht und vernichtet, nur unauffindbar weggeräumt.

Sonntag, 11. August 1996. Und gleich noch eine Überraschung gestern am Bahnhof in Bath! Statt der ältlichen Dame, die ich hinter dem Namen Miss Susan Davies vermutet hatte, hüpfte mir eine junge Frau entgegen, kaum älter als ich selbst. Hinterher schlenderte das männliche Pendant, das mich mit den Worten, *Welcome to Peter's luxurious travels*, in einen weißen Transporter hineinkomplimentierte. Das also ist meine Familie für die nächsten Wochen, inklusive Hund und Wellensittich. Sie sagen, ich sei ihre Premierenstudentin, und ich hoffe, Susan und Peter finden mich genauso toll wie ich sie. Das alte Bahnarbeiterhäuschen, wo sie wohnen, ist *very British indeed.* Meine Gastgeber dagegen scheinen weitaus gesamteuropäischer zu sein, als das die Blümchentapete, der obligatorische Kamin, die übergroße Tierliebe und die Tasse Tee mit Keksen vermuten lassen. Sie sind herumgekommen in der Welt und misstrauen ihrer Regierung – aber vielleicht ist auch das typisch englisch. Die beiden sind sehr gesprächig, gelegentlich schwer zu bremsen, aber auf alle Fälle sehr nett. Beide sind Köche, das kann sehr gut bedeuten, dass ich mir ums Essen doch keine Sorgen machen muss. Britisches Rindfleisch komme jedenfalls nicht auf den Tisch, versprechen sie. Die alten Damen und Herren in dem Club, in dem Susan arbeitet, bestünden allerdings auf ihr tägliches Rinderhacksteak. In dem Alter lebt man vermutlich sowieso nicht mehr lange genug, um dem Rinderwahnsinn anheimzufallen, zumindest aber sind sie außerstande, ihre Gewohnheiten aufzugeben. Lieber das Hirn erweichen, als die Prinzipien. Ich für meinen Teil habe mich schlichtweg als Vegetarierin deklariert und bin damit aus allem raus.

Susan und Peter! Statt einer Gastfamilie hatte ich Freunde gefunden, statt eines Studienaufenthalts die Verheißung einer neuen Heimat. Ich fange an zu blättern, will wissen, was ich über Mattes geschrieben habe. Wenn ich damals dem Bedürfnis, mich zu verlieben, ein klein wenig mehr Raum gegeben, wenn ich ein klein wenig mehr von dem Zaubertrank abbekommen hätte, dann hätte es vielleicht dafür gereicht, mich von Friedrich loszumachen.

Dienstag, 13. August 1996. Ich versuche, mich von den anderen deutschen Studenten fernzuhalten, besonders von den drei Schnepfen (*all looks, no brains*). Schließlich bin ich nicht nach England gekommen, um Deutsch zu sprechen. Überhaupt geht mir gerade alles, was mit Deutschland zu tun hat, gehörig auf die Nerven. Ich halte mich an zwei Spanier, Belén aus Ceuta und Elia aus Madrid.

Mittwoch, 14. August 1996. Nach dem Kurs ins Chequers mit Belén und Mattes, ein neuer Student aus Deutschland, der gestern verspätet hier ankam. Anschließend machten wir Seminararbeiten auf der großen Rasenfläche unterhalb des Royal Crescent. Schön, wie sich die georgianischen Straßenzüge den Hügel hinunter ins Tal strecken, wo die Abteikirche das Zentrum der Stadt markiert. Belén war noch mit Elia verabredet, und so begleitete ich Mattes allein zu seiner Bushaltestelle, er wohnt in einem Außenbezirk. Auch ohne die Spanier sprachen wir weiter Englisch. Ich ging denselben Weg zurück nach Hause wie am Tag zuvor, über den Avon und dann den steilen Weg hinauf, unterhalb von Beechen Cliff.

Freitag, 16. August 1996. Wir sind ein gutes Trio, Belén, Mattes und ich. Heute gab es eine Stehparty auf dem Campus und danach sind wir noch in die Stadt gezogen, in den Crystal Palace und weiter zum Huntsman.

Samstag, 17. August 1996. Heute Spaziergang entlang des Avon. Der Fluss ist innerhalb der Stadt eher ein Kanal und fließt sehr langsam. Hausboote liegen an seinem Ufer, lang, schmal und bunt. Ich glaube, man kann sie mieten. Wir staunten über die Perfektion, mit der die manuellen Schleusen arbeiten. Wir spazierten über die Pultney Bridge, die mit ihren Steinbögen und Läden an Venedig und Florenz erinnert. An einem der hübschen Schaufenster blieben wir hängen. Es war voll mit Herzen aus solidem Glas. Ich war drauf und dran, mir eines zu kaufen, aber dann siegte die Vernunft. Die Dinger sind ganz schön teuer! Stattdessen erwarb ich ein Postkartenset mit präraffaelitischen Gemälden nach literarischen Motiven, *Mariana in the Moated Grange*, *Ophelia*, *The Lady of Shallot* und natürlich *La Belle Dame Sans Merci*. Lauter romantisch gescheiterte Frauengestalten, erklärte ich Mattes und Belén.

Montag, 19. August 1996. Gestern ging es mit *Peter's luxurious travels* an die Küste! Gegen acht Uhr gabelten wir Mattes an der Abbey auf. Unser erster Stopp war der Cerne Abbas Giant, eine dieser mysteriösen Kalkfiguren, von Unbekannten in die Hänge von Dorset gescharrt. Es ist die einzige Figur, die menschliche Umrisse trägt. Mit der Keule über dem Kopf und seinem enormen erigierten Penis steht er da. Ein zweitausend Jahre andauernder Priapismus, sagte Mattes. Irgendwie erinnert er mich an Friedrich, sagte ich, und wir mussten lachen.

Ich frage mich, was ich Mattes damals über meine Beziehung erzählt habe? Auf alle Fälle scheint er von Friedrich gewusst zu haben. Nein, ganz sicher sogar. Ich erzählte doch immer gleich allen, dass es da jemanden gab. Und offensichtlich wusste er auch, dass ich nicht glücklich war. Der Ausflug an die Küste – war das nicht der Tag, an dem es passierte? Ich blättere. Kein Wort davon. Es folgen Exkursionen nach Oxford und Stratford-upon-Avon. Genau! *A Midsummer Night's Dream* haben wir gesehen. Dann immer wieder Tage in Bristol an der Universität, wo ich für meine Magisterarbeit recherchierte. Der glückliche Zufallsfund in der Gemäldegalerie, wo ich auf das großformatige Original der *Belle Dame Sans Merci* von Waterhouse stieß! Hatte ich vergessen. Aber als ich davon lese, sehe ich es direkt vor mir hängen, im Treppenaufgang, nicht in einem der Ausstellungsräume. Ich blättere und blättere. Dann der Eintrag zu Wookey Hole. Da macht es klick.

Samstag, 7. September 1996. Wookey Hole! Allein der Name klingt nach Hokuspokus. Er bezeichnet sowohl das Dorf als auch eine wilde Mischung aus Museum, Vergnügungspark, Höhlen, Souvenirläden und Gärten. Wenn man die lange Schlange am Eingang hinter sich gelassen hat, gelangt man zuerst in den oberen Teil des Höhlensystems, wo einst die Hexen von Somerset gehaust haben sollen, dann geht es tiefer und tiefer hinab zum unterirdischen Fluss. Hat man diesen überquert, kehrt man zurück ans Tageslicht und kann die alte Papiermühle besichtigen, bevor man in ein Spiegellabyrinth gelangt. Mattes geht hinter mir. Als ich mich nach ihm umschaue, ist er verschwunden. Dafür sehe ich, wie ich mir selbst entgegenkomme. Ich drehe mich im Kreis, und um mich dreht sich ein Karussell meiner Spiegelbilder. Ich taste mich vorwärts, da sehe ich ihn, oder ist es sein Abbild? Er grinst und bewegt sich nicht. Mit ausgestreckter Hand gehe ich auf ihn zu, bereit jederzeit an eine kalte Glasfläche zu stoßen. Als ich ihn an der

Brust berühre, zuckt er fast unmerklich zusammen, dann lacht er über mein erschrockenes Gesicht, nimmt meine Hände und hält sie lange fest. Wir spielen Finden und Verlieren bis mir ganz schwindelig wird. Das Tohuwabohu im nächsten Raum mit den historischen Fahrgeschäften nehme ich nur noch wie im Traum wahr, alles leiert, blinkt und dreht sich. Mit raschen Schritten zieht mich Mattes durch den letzten Raum, an den Spielautomaten vorbei ins Freie. Davon kann man betrunken werden, sage ich. Auf dem Rückweg setzten mich Susan und Peter bei Mattes ab. Seine Gasteltern waren zur Premiere des neu eröffneten Globe Theater nach London gefahren. Das will ich auch sehen, wenn ich bald in London bin! Wir tranken Kaffee und gingen am Avon spazieren. Es war ein wunderschöner Spätsommerabend, nachdem das Wetter in den letzten Tagen so schlecht gewesen war. Wir redeten und redeten, zum ersten Mal auf Deutsch, und ich verpasste den letzten Bus. Wenigstens hatte der Taxifahrer Mitleid mit der armen Studentin und schaltete den Taxameter bei sechs Pfund aus.

Das soll alles gewesen sein? Kaffeetrinken, spazieren und reden? Warum steht in meinem Reisetagebuch nichts von dem, was wirklich geschehen ist? Ich blättere bis zum letzten Eintrag des Buches.

Samstag, 5. Oktober 1996. Im Flugzeug, wo vor zwei Monaten alles begann. Meine Landsleute sind schon wieder überall. Ich tue so, als verstünde ich sie nicht. Ich will nicht gehen, auch wenn mich im Moment alles von London wegtreibt. Ich wünschte, Friedrich wäre nie gekommen! Wie er am Bahnhof stand mit unserer ganzen Vergangenheit im Rucksack. Wie er mit verschlossenem Gesicht auf dem Sessel am Kamin saß, und Susan und ich auf dem Sofa immer alberner wurden vor lauter: Weißt du noch, Cream Tea im Pump Room? Weißt du noch, am Meer? Weißt du noch, du und Mattes völlig durchnässt nach eurer Bootstour auf dem Avon? Und Peter aus der Küche einstimmte und der Hund bellte und der Wellensittich kreischte. Wie er stumm Peters herrliches Curry aß und die Hälfte davon übrigließ. Die fragenden Blicke, die Susan mir bei der Abfahrt nach London zuwarf. Ihre sehr feste Abschiedsumarmung. Ich wünschte, ich könnte die letzte Woche in London ungeschehen machen und alles nochmal neu erleben. *It wasn't fair!* Und so vieles habe ich noch gar nicht gesehen, das Globe Theater, die Tate Gallery, St. Paul's, die Westminster Abbey … Ich habe überhaupt keine Lust nach Deutschland zurückzukehren. Ich will in England bleiben, für lange Zeit (wenn nicht für immer)! Aber das Leben geht erstmal in Freiburg weiter. Volle Konzentration auf den Magisterabschluss. Ich lege also meine neue Herzenssprache ab und degradiere sie wieder zum Studienobjekt. *When we two parted in silence and tears, half broken-hearted to sever for years …*

Ich greife nach meinem Handy und aktualisiere mein Postfach. Immer noch keine Nachricht von meinem Chansonnier. Ich scrolle durch unsere Mails von vor Weihnachten, suche nach der Stelle, die den Spätsommerabend mit Mattes heraufbeschworen hatte. Da.

Stéphane schrieb: Gerade stelle ich mir deinen Rücken vor, aber da hört die Phantasie nicht auf. Denn wenn ich meine Hände über ihn gleiten lasse, ist da etwas im Weg, das ausgezogen werden sollte. Ich küsse deinen Nacken, *si tu le permets, et puis …*

Ich schrieb: Es gab da mal jemanden, der streichelte mir so über den Rücken, erst auf dem T-Shirt, dann darunter. Das war an einem Fluss, auf einem Bootssteg, in England. Er saß hinter mir und streichelte mich, und wenn er mit den

Händen nach vorne gewandert wäre, dann hätte auf der Stelle alles passieren können. Aber er hat's gelassen. Wir sind später zu ihm nach Hause gegangen. Und was habe ich gemacht? Genau. Reißleine. Zum Abschied schenkte er mir ein Herz aus Glas. Das habe ich heute noch.

Stéphane schrieb: Deine Rückengeschichte ist schön. Ich bin mir nicht sicher, ob sie schöner wäre, wenn sie eine andere Wendung genommen hätte. Oder glaubst du, es hätte dein Leben verändert, wenn du damals mit dem Mann geschlafen hättest?

6

Das Herz aus Glas! Wo ist das Herz aus Glas? Ich starre auf mein Handydisplay, bis es schwarz wird. Ich krame in meinem Hirn, öffne in Gedanken Schränke und Schubladen. Irgendwo muss dieses Kästchen sein, ich sehe es vor mir, schwarz, quadratisch, bequem in einer Hand zu halten, während man den Deckel mit der geprägten Goldschrift abnimmt, darin ein rotseidenes Polster mit einer herzförmigen Vertiefung, in der das schwere, kalte Ding ruht wie in einem Sarg. Ich weiß! Meine Augen stellen scharf, ich erkenne den Schatten meines Gesichts im Display. Schau doch nicht so ernst, denke ich.

Vorsichtig schleiche ich die Dachbodentreppe hinunter, vorbei an Alexanders offener Bürotür. Er sitzt da, mit krummem Rücken, und fokussiert etwas auf dem Computermonitor, der voller Zahlenreihen ist. Seine Hand lauert über der Maus, als gelte es, ein Beutetier zu erlegen. Ich könnte genauso gut laut trampeln oder hineingehen und ihn etwas fragen, er würde mich nicht bemerken. Unten im Wohnzimmer steht der Gläserschrank. Das leise Klirren, wenn man den Schlüssel dreht, kommt von den langstieligen Kelchen in den oberen Regalen, Burgunder, Bordeaux, Chardonnay, Riesling, Champagner, die Grundausstattung, würde Alexander sagen. Alles mundgeblasen, eine Sommelier-Linie. Am Boden des Schrankes sammeln sich Schalen und Schüsseln und Nippes, das meiste stammt aus den Beständen der Schwiegermutter. Es genügt ihr nicht, Blumen oder Gebäck mitzubringen, immer wird ein Gefäß mitgeliefert, weil wir doch sicher nicht das passende hätten und sie leicht darauf verzichten könne, allein wie sie sei. Ich entdecke das schwarze Kästchen eingekeilt zwischen einer Kugelvase, einer

Bleikristallplatte mit Fuß und ein paar Porzellaneiern, nach denen sie dann auf dem geschmückten Ostertisch Ausschau halten wird. Weil ich auf keinen Fall die Kinder anlocken will, widerstehe ich der Versuchung, einfach nach meinem Kästchen zu greifen, räume geduldig Stück um Stück heraus und wieder hinein. Wie Geräuschmikado.

Rasch laufe ich die Stufen zum Dachboden hinauf, das Herz pocht gegen den Deckel. *Arts of Glass* steht darauf. Die Engländer und ihre Wortspiele. Das Herz in meiner Hand fühlt sich weniger kalt an, als ich dachte. Ich drehe es zwischen den Fingern herum, mein Ehering klackert, ein helles Störgeräusch. Der Glasklumpen ist schwer wie ein Wurfgeschoss, und ich stelle mir vor, wie es wäre, ihn in den Schrank mit den Weingläsern zu schleudern. Volle Wucht! Alles abgeräumt! Hauptgewinn! Ich wiege das Herz in der Hand, betrachte es. Es ist nicht ganz symmetrisch. Legt man es auf die eine Seite, dann zeigt die Spitze nach unten, wie es sich für ein Herz gehört, dreht man es um, streckt es einem seine festen Pobacken entgegen, die sich Richtung Rücken vereinigen. Das sehe ich zum ersten Mal! Ich halte es vors Auge. Es ist durchsichtig, aber der Blick durchs Herz ist trüb, vernebelt. Erst wenn man es weiter weghält, entsteht ein annehmbares Bild, dafür stehen die Dinge dicht gedrängt auf dem Kopf und haben phantastische Proportionen. Ich muss an Kristallkugeln und Wahrsagerinnen denken. Hokuspokus. Die Hexen von Somerset. Wookey Hole.

Auf der Rückfahrt sprachen wir zum ersten Mal Deutsch miteinander. Mattes und ich saßen im hinteren Teil des Transporters auf dem Boden, der zur Hälfte mit bunten Decken und Kissen ausgelegt war. Mit dem Rücken lehnten wir an der Trennwand zur Fahrerkabine, durch deren schmale Fensteröffnung schwaches Licht und das Gemurmel unserer englischen Freunde hereindrang. Anfangs hatte Susan sich hin und wieder umgewandt, um uns mit begeisterten Ausrufen mitzuteilen, wo wir uns gerade befänden, welcher Film in dieser Gegend gedreht worden sei, und was man noch alles sehen könnte, wenn man mehr Zeit hätte. Aber bald schon musste sie gemerkt haben, dass es für uns da hinten im Transporter irrelevant geworden war, wohin wir fuhren oder was die Welt da draußen zu bieten hatte. Im Dämmerlicht saßen wir nebeneinander und miteinander, vertieft in unsere eigene Sprache, die hin und her ging, gleichmäßig wie das Geräusch der Reifen auf dem Asphalt, und bei jeder Bodenwelle berührten sich unsere Schultern, zwangsläufig und zwanglos.

All die Fahrten zuvor war es umgekehrt gewesen, wir hatten mit Peter im Cockpit gesessen und die Landschaft bestaunt, und Susan hatte sich den Frachtraum mit dem Hund geteilt. Gleich der erste Ausflug hatte an die Küste geführt, quer durch Dorset, zwei Stunden bis Abbotsbury, vorbei am Kalksteinmann von Cerne Abbas. Ich bin mir ziemlich sicher, dass ich beide eingeladen hatte mitzukommen, Belén und Mattes. Warum am Ende nur er dabei war, kann ich nicht sagen. Wenn ich es mir recht überlege, war er mir nicht sonderlich sympathisch gewesen mit seinem Surferboy-Auftritt am ersten Tag. Direkt aus Rio sei er gekommen, lautete die großspurige Entschuldigung dafür, dass er erst ein paar Tage nach Kursbeginn zu uns gestoßen war. Da stand er auf dem geschorenen Rasen im Dunst des einsetzenden Nieselregens, gerahmt vom ernsten Kalkstein des Royal Crescent mit seiner Surferfrisur und dem Surferlächeln und der Aussicht auf eine Promotionsstelle am Teilchenbeschleuniger in Genf als Mitglied einer internationalen Forschergruppe, weswegen er dringend sein Englisch aufpolieren müsse. Physiker hatte ich mir immer anders vorgestellt. Weniger körperlich. Und weniger unternehmungslustig. Zumindest passte seine semiprofessionelle Herangehensweise ans Fotografieren ins Klischee. Er konnte stundenlang über technische und optische Details referieren, aber was mich doch überraschte, war die Tatsache, dass er nicht einfach nur Fotos von irgendwelchen Motiven machte, sondern die Welt in komponierten Bildausschnitten wahrzunehmen schien.

Anscheinend hatte ich keine Kamera mit nach England genommen. Ich kann mich nicht mal daran erinnern, ob ich damals überhaupt eine besaß. Alle Fotos, die ich aus der Zeit in Bath habe, sind Abzüge von Bildern, die Mattes gemacht hat. Analog. Wir schreiben das Jahr 1996.

»Stell dich mal dahin! Nein, einen Grabstein weiter rechts. Gut. Warte …«

Ich stehe zwischen den verwitterten Steinplatten vor der Kirche von Abbotsbury. Mattes schleicht vor mir herum, geht mal hier, mal da in die Hocke, schaut, wechselt die Position, kniet sich hin, legt sich sogar auf den satten Rasen, der später auf dem Foto ganz unwirklich leuchtet, darauf die Frau im Kleid, vor der Kalksteinmauer und dem romanischen Fenstersturz, darüber der bleigraue Himmel, irgendwie ein Drittel, zwei Drittel, goldener Schnitt oder sonst was. Gutes Bild. Wir machen uns auf den Weg zu der kleinen Kapelle, die in einiger Entfernung auf einer Anhöhe liegt. Von dort soll man das Meer sehen können. Susan und Peter sind mit dem Hund vorausgegangen, der als Punkt über die Wiese jagt.

Mattes erzählt von einer brasilianischen Freundin, die gar nicht genug Fotos von sich hätte haben können. Ich verstehe nicht genau, ob er eine oder seine Freundin meint. Ein paar hundert Bilder habe er gemacht im vergangenen Vierteljahr in Brasilien, wenn mich das interessiere, könne er sie mir gerne mal zeigen.

»Was meinst du? Die Bikini-Schönheiten an der Copacabana?« Ich lache ihn aus und zeige ihm einen Vogel. Er grinst nur.

Einsam liegt die kleine Kapelle auf der Anhöhe. Kein Weg führt dorthin, nur ein Trampelpfad quer über das Gras, das von den Schafen kurzgehalten wird. Wir können das Meer nicht nur sehen, wir können es riechen, hören können wir es nicht, nur den Wind in den Ohren. Möwen kreisen über unseren Köpfen.

»Kein Wunder haben die Engländer die *picturesque travels* erfunden«, sage ich.

Mattes schaut mich verständnislos an. Eins zu null für die Anglistin, denke ich und halte ihm einen kleinen Vortrag über das Pittoreske, das Schöne und das Erhabene und deren Einfluss auf die englische Romantik. Außer uns ist kein Mensch hier oben, und ich würde gerne länger bleiben, aber Susan und Peter drängen zum Aufbruch. Auf dem Rückweg zum Auto dreht sich Mattes immer wieder nach der Kapelle um. Plötzlich bleibt er stehen, die Kamera im Anschlag.

»Wenn das mal kein pittoreskes Foto gibt.«

Vorbei an den alten Fischerhäuschen und den hübschen Cafés und Restaurants schlendern wir zum Hafen von Lyme Regis, der von einer mächtigen begehbaren Mauer eingefasst wird. Mit elegantem Schwung ragt sie weit ins Meer, am fernen Ende stehen Menschen. Peter streckt sich auf den warmen Steinplatten aus und schließt die Augen, Susan faltet ihre Zeitung auf. Nur Mattes und ich gehen bis zum Ende der Mauer. Warum will man eigentlich immer bis zum Ende gehen, frage ich mich, bis dahin, wo es nicht mehr weitergeht? Die Hafenmauer hat kein Geländer, rechts und links fällt sie einige Meter tief ab bis zur Wasseroberfläche.

»An stürmischen Tagen ist es bestimmt lustig hier«, sagt Mattes.

Wir stehen mit den Fußspitzen am Rand. Unter uns laufen die Wellen gegen die Mauer an, aber ich konzentriere mich lieber auf den Horizont. Wenn ich nach unten schaue, wird mir schwindelig. Wir setzen uns und holen die Postkarten hervor, die wir im Ort gekauft haben. Es fällt mir schwer, etwas zu schreiben, was Friedrich interessieren könnte. Ich versuche, ein Bild von ihm hervorzurufen, wie er an seinem Schreibtisch sitzt, auf dem sich die Bücher stapeln und daneben die Pizzaschachteln. In den Prüfungsphasen lebt er wie ein Höhlenmensch, der seinen Herd nicht verlässt. Damit das Flämmchen seines Wissens, das er unablässig füttern muss, nicht erlischt, denke ich gehässig.

»Vergiss nicht, ein paar Küsschen draufzusetzen«, grinst Mattes.

»Selber«, sage ich.

Am Strand essen wir die Sandwiches, die Susan in aller Frühe zubereitet hat, Brotdreiecke gefüllt mit Krabben in Mayonnaise, Schinken, Cheddarkäse, Gurken und Tomatenscheiben, und überall quillt geschnittener Salat heraus. Ab und zu werfen wir eine Handvoll Kiesel nach den hungrigen Möwen, vor denen sogar der Hund den Schwanz einzieht. Susan erzählt von einem Film, der hier gedreht worden sei. Ich habe nie davon gehört, aber so wie sie erzählt, bekomme ich den Eindruck, dass es ein bedeutendes Werk gewesen sein muss. Während ich ihr zuhöre, verändern sich die Lichtverhältnisse, Dunst legt sich über die Szene, der Strand scheint sich zu verdichten, die Spaziergänger beginnen Rollen zu spielen. Ein eng umschlungenes Paar geht vorbei.

Genauso fange es an, sagt Susan begeistert und beschreibt die erste Einstellung, eine Kamerafahrt über den Strand aus der Vogelperspektive.

Und Mattes: »Ist doch unpraktisch, Arm in Arm spazieren zu gehen. Mindestens einer verliert so dauernd seinen Rhythmus.«

»Du bist vielleicht ein Romantiker!«, sage ich und verdrehe die Augen.

»Physiker. Ich sehe die Dinge eben lieber, wie sie sind.«

Da sitzt er in seiner naturwissenschaftlichen Selbstherrlichkeit und mit seinem Surferlächeln, und ich habe das dringende Bedürfnis, ihn aus der Bahn zu werfen.

»Wer traut sich ins Wasser?«

Mattes zieht sofort sein T-Shirt aus. Angeber, denke ich und ärgere mich, dass ich ihm diese Steilvorlage gegeben habe. Demonstrativ drehe ich mich von dem durchtrainierten Oberkörper weg.

»Ich dachte eher mit den Füßen«, sage ich ausweichend.

»Feigling!«

Er streift auch die Hose ab und läuft, ohne sich ein einziges Mal umzusehen, ins Meer. Als er bis zum Bauch im Wasser steht, dreht er sich um und winkt.

Jetzt tue er so, als ob er Spaß hätte, spotte ich. Susan und Peter sind unbeeindruckt, sowohl von der Tatsache, dass das Wasser höchstens siebzehn Grad hat, als auch vom nackten Mann im Meer. Mein Gesicht fühlt sich heiß an. Ich stehe auf und verkünde, dass ich noch die Gegend erkunden will. Auf keinen Fall werde ich hier sitzen und warten und schauen, wie er wieder aus dem Wasser kommt.

Am Abend sind wir bei Peters Onkel eingeladen, der in der Nähe von Yeovil, auf halber Strecke zurück nach Bath wohnt. Susan erzählt von den Dreharbeiten zu *Sense and Sen-*

sibility, wie die ganze Gegend aus dem Häuschen gewesen sei wegen Hugh Grant. Wir fahren über schmale Straßen. Links die Bruchsteinmauer, dahinter Wiesen und Hecken, rechts der Waldrand, über uns eine Galerie aus dichten Blättern, unnatürlich rechtwinkelig geformt. Das komme vom Bus, sagt Peter und reißt den Wagen zur Seite, um einem entgegenkommenden Fahrzeug auszuweichen. Unwillkürlich kralle ich meine Hand in Mattes Oberschenkel. Verrückt, wie der Kopf sagt, links ist richtig, aber der Körper Gefahr schreit! Wie lange es wohl dauert, bis man sich umgewöhnt? Wir parken neben einer hohen Buchenhecke, hinter der ein Garten liegt, der so üppig und bunt ist, dass man fast die Augen schließen muss. Auf den ersten Blick scheint es, als wolle er das niedrige, reetgedeckte Cottage überwuchern, aber nach und nach ordnet sich alles. Bei aller Buntheit und Üppigkeit wirkt die Anlage strukturiert und ausgewogen. Haus und Garten ergänzen sich perfekt.

Schön, sagt Mattes hinter seiner Kamera. Dann flüstert er mir ins Ohr. *Picturesque.* Nur ein Wort. Es hallt kurz nach, dann ist es vorbei.

Peters Onkel macht mit uns einen ausgiebigen Rundgang durch den Garten. Mir schwirrt bald der Kopf vor lauter botanischen Ausdrücken, die ich nicht einmal auf Deutsch zuordnen könnte. Ich verschließe meine Ohren und verlege mich aufs Schauen. Mattes wechselt das Objektiv und macht Aufnahmen von Blütenkelchen. Immer wieder bleibt er zurück.

Wir betreten das Haus durch den Hintereingang. Wären da nicht die Sprossenfenster, durch die einem die Rosenranken versichern, dass es da draußen diese ländliche Idylle gibt, könnte man meinen, man befände sich in einer Londoner Stadtwohnung. In der offenen Küche verteilt die Hausherrin Antipasti auf Teller, aus dem Ofen duftet es nach geröstetem Brot. Bruschetta, sagt sie mit korrekter Aussprache. In einem großen Topf ist das Wasser kurz vor dem Siedepunkt. Der Onkel entkorkt Schaumwein. Man gibt sich *continental.* Mitten im Raum steht ein Flügel und zieht mich magisch an. Ohne mich zu setzen, schlage ich einen Akkord an. C-moll.

»Können Sie spielen?«

»Ein bisschen.«

»Spielen Sie doch!«

Ich erkläre ihm lächelnd, dass es ohne Noten nicht gehe. Alles, was ich je auswendig gekonnt hätte, sei verschwunden, und improvisieren könne ich nicht. Er fixiert mich kurz, stellt die Gläser auf dem Flügel ab und verschwindet im Nebenraum. *Be careful what you whish for*, sagt seine Frau. Da taucht er wieder auf, einen Geigenkasten in der Hand, Noten und Notenständer unter den Arm geklemmt. Zögerlich nehme ich ihm die Hefte ab und blättere darin. Alles leichtes Zeug, stelle ich erleichtert fest und spüre, wie ich Lust bekomme. Und wir spielen. Haydn, Mozart, Gluck. Man merkt, dass er Anfänger ist, aber ein Anfänger mit Gefühl und Leidenschaft. Nicht schlecht, für dein Alter, denke ich. Wir spielen das halbe Heft durch. Weiter? Weiter. Am Ende haben wir beide warme Backen, und der Prosecco auf dem Flügel ist abgestanden. Die anderen haben sich längst an den Tisch gesetzt und angefangen zu essen. Susan und die Tante unterhalten sich über Schauspieler. Der Onkel räumt die Geige weg. Mattes kommt herbeigeschlendert, er schaut abwesend.

»Schön. Das sah schön aus«, sagt er und streift mit den Fingerspitzen über den Diskant, ohne eine Taste niederzudrücken.

»Schau mal, ich kann zaubern«, sage ich.

»Ach!« Er zieht spöttisch die Augenbrauen hoch.

Ich drücke drei Tasten mit der linken Hand, ohne einen Ton zu erzeugen. Er solle mal richtig Lärm machen, fordere ich ihn auf. Er greift mit beiden Händen wahllos in die weißen und schwarzen Tasten, ich drücke mit dem Fuß das rechte Pedal.

»Und stopp!«

Er nimmt die Hände weg, ich nehme den Fuß weg. Der Lärm bricht ab, klingt noch ein wenig nach, daraus steigt leise ein Dreiklang auf. C-Dur.

Kurz schaut er verblüfft, dann sagt er: »Mach nochmal!«

Dieses Mal führe ich ihm den Trick alleine vor. Mattes geht hinter meinem Rücken um mich herum, beugt sich über mich, um in den Flügelkorpus hineinzusehen.

»Nochmal!«, sagt er.

Ich ahne schon, was kommt.

»Die angehobenen Dämpfer geben die drei Saiten deines Akkordes frei, sodass sie mitschwingen können. Eine Frage der Resonanzen. Ein Ton entsteht durch periodische Schwingungen eines elastischen Körpers. Nimmst du den Fuß vom Pedal, werden alle anderen Saiten wieder gestoppt, nur die von dir freigegebenen bleiben in Schwingung.«

Ich nicke anerkennend, was ihn sichtlich freut, und sage: »Also keine Zauberei, nur physikalischer Hokuspokus.«

Ich blättere nochmal zurück in meinem Reisetagebuch, zum Tag an der Küste. Cerne Abbas, Abbotsbury, Westbay, Lyme Regis, Montacute, Yeovil. Eine Auflistung von Orten. Mehr nicht. Dann der abschließende Satz: *The best day ever!* Woher kommen die Erinnerungen, und warum finde ich sie nicht in meinem Tagebuch? Damals konnte ich nicht wissen, welche Orte, Bemerkungen und Begegnungen von Bedeutung sein würden. Wie viele Dinge gab es zu sehen, wie vielen Menschen bin ich begegnet, wie viele Sätze sind gesagt worden, Gedanken gedacht, Gefühle gefühlt, ohne dass sie je wieder eine Rolle gespielt hätten? Könnte man alles auf einmal sehen, dann wäre das, als blickte man in die Milchstraße, ein undeutlicher Streifen aus unendlich vielen Punkten, sinnlos und bedeutungslos. Also fängt man an, nach den heller leuchtenden Punkten zu suchen und sie zu verbinden, Linien zu zeichnen, bis sie Bilder ergeben, die man mit Namen und Begriffen versieht und zu denen man Geschichten erfindet. Und wenn vergessene Punkte auftauchen, zurückkehren, an Leuchtkraft gewinnen? Fallen die Linien dann anders aus? Entstehen am Ende ganz andere Bilder, erzählt man dann andere Geschichten?

7

Zweiter Weihnachtstag. Heute stößt Alexanders Mutter zu unserer kleinen Festgemeinde. Seit zehn Jahren ist das so. Seit wir wegen der Kinder an den Feiertagen zu Hause bleiben. Und seit zehn Jahren nervt mich der Anblick ihrer Plastikschüsseln mit dem Kartoffelsalat, dem verzehrfertig geputzten Feldsalat und dem Schäufele, das man praktischer Weise nur noch in heißem Wasser erwärmen müsse. Mittlerweile fragt sie nicht einmal mehr, ob sie etwas mitbringen dürfe. Schließlich esse Alexander das doch für sein Leben gern, und die Kinder natürlich auch. »Reg dich doch nicht auf. Lohnt sich gar nicht. Und ist doch *win-win*. Sie hat ihre Freude und du weniger Arbeit«, sagt Alexander. Ich. Habe weniger Arbeit. »Außerdem gibt's das doch schon immer bei uns an Weihnachten«, erklärt er mir zum zehnten Mal in zehn Jahren. Warum etwas ändern, wenn es doch alle so toll fänden? Alle.

Beim Essen werden zum Schäufele dann die alten Geschichten vom kleinen Alexander und der früh verwitweten Mutter, die sich für ihren Sohn aufopfert, serviert, die ich mir seit zwanzig Jahren in Dauerschleife anhören darf. Ich staune, wie wenig sich die Geschichten über die Jahre verändern. Wie Märchen werden sie in einer wortgetreuen Version dargeboten. Sogar die Kinder können die Sätze auswendig zu Ende sprechen. Eine familiäre Selbstvergewisserungsorgie, die alles Zukünftige fest ins Vergangene einzementiert. Ich weiß nicht, ob ich sie dafür bewundere oder verachte. Mein Erinnerungsvermögen ist furchtbar wankelmütig und unzuverlässig. Es kommt mir vor, als wechselten meine Erinnerungen die Farbe und Qualität, sooft ich auf sie zurückgreife, abhängig von der Situation. Meine Vergangenheit erscheint mir nicht unveränderlich.

Am Nachmittag machen wir einen Ausflug in den Schwarzwald. Durch den Nebel geht es nach oben, wo der Blick frei wird. Wir gehen über unberührte Schneeflächen. Drei Generationen, Großeltern, Eltern, Kinder, hinterlassen Spuren im Schnee. Meine Schwiegermutter hat sich bei Alexander eingehakt. Ich lasse mich immer wieder zurückfallen. Die Vogesen erscheinen wie eine ferne Küstenlinie am Ende eines Wolkenmeers. Darüber der blaue Himmel.

All die Leute, die hier herumgehen, haben ihre Geschichte, denke ich. Eine Geschichte oder viele Geschichten. Alle wurden geboren, waren Kinder, wurden von ihren Eltern geliebt oder vernachlässigt, haben Geschwister oder keine, wuchsen auf mit ihren Traumata und Glücksmomenten. Wenn man sich für einen Partner entscheidet, bekommt man seine ganze Geschichte dazu. Und auf einmal spielt man eine Rolle in einem Theaterstück, für das man gar nicht vorgesprochen hat.

Unten in der Stadt dringt kein Strahl durch den Nebel. Nach dem Abendessen sitzen alle wieder um den Tisch im Kerzenschein. Als Nachtisch gibt es die Weihnachtsplätzchen, von denen Oma wie jedes Jahr viel zu viele mitgebracht hat. Alexander isst seine vermeintlichen Lieblingsplätzchen, die er in Wirklichkeit schon lange nicht mehr mag, und trinkt an einer Flasche Wein. Oma redet ohne Unterlass. Seit sie schwerhörig ist, kommt überhaupt niemand mehr zu Wort. Aber zugehört hat sie vorher auch nie. Und er ist der Sohn seiner Mutter, denke ich, auch wenn er sie inzwischen Oma nennt. Von Mama zu Oma, von Anne zu Schatz, von Schatz zu Mama.

»Sag nicht Mama zu mir, Herrgott! Ich bin eine Mama, aber nicht deine Mama.«

»Entschuldige, Schatz.«

»Weißt du was, das gefällt mir auch nicht. Es hört sich an, als wäre ich immer noch Mitte zwanzig. Und es klingt, als würde ich dir gehören. Wie etwas, das du hüten und bewachen musst. Wie etwas, das tief unter der Erde in einer Holzkiste liegt.«

»Aber ich habe doch schon immer Schatz zu dir gesagt! Was ist daran so falsch?«

»Ich habe einen Namen. Warum nicht meinen Namen?«

»Ich kann doch nicht Anne zu dir sagen!«

»Warum nicht?«

»Ich weiß nicht. Anne.«

»Nein, so nicht. Nicht mit diesem Unterton.«

»Wie wär's mit Frau? Meine liebe Frau?«

Herrgott!

Alexander fährt seine Mutter nach Hause. Meine Eltern bringen die Kinder ins Bett. Ich gehe baden, sage ich und verschwinde nach oben. Ich liege in der Wanne und schließe die Augen, tauche ab, sodass die Ohren von Wasser bedeckt sind, mein Herzschlag geht durchs Wasser. Ob es mein Leben verändert hätte, wenn ich mit Mattes geschlafen hätte, denke ich.

Auf der Rückfahrt von Wookey Hole sprachen wir zum ersten Mal in unserer eigenen Sprache miteinander, auf den bunten Decken und Kissen im Transporter.

»Wie heißt sie?«, fragte ich.

»Hera«, sagte er. »Sie hieß Hera.«

»Komischer Name für eine Brasilianerin.«

»Ihr Vater war Altsprachler an der Päpstlich Katholischen Uni in Rio. Hatte einen Hang zur griechischen Mythologie.«

Er sprach von ihr, als läge alles in einer weit entfernten Vergangenheit, dabei war er doch gerade einmal vor drei Wochen aus Rio abgeflogen. In dieser Zeitspanne hatte es nicht einmal das englische Sommerwetter geschafft, die Spuren der brasilianischen Sonne auf seiner Haut zu tilgen. Ganz nah war mir dieser braune Oberarm, hinten in Peters Transporter auf den bunten Decken und Kissen. Und unsere Oberarme berührten sich ganz zwangsläufig und zwanglos.

Ich will nichts von ihr wissen, von dieser Hera, dachte ich. Auch nach dem Namen hätte ich nicht fragen sollen. Bevor sie einen Namen hatte, war es besser gewesen. Eine Freundin, seine Freundin, egal. Wenn er bisher von ihr gesprochen hatte, hatte sich bei mir immer dasselbe Bild eingestellt, genau genommen ein Bildausschnitt, etwas verschwommen, kleine Frau im Bikini, dunkel, hübsch, Gesichtszüge austauschbar, überbelichtet wie eine Werbefotografie. Jetzt hatte sie einen Namen, der sich über die Formen legte, die ich mir für sie ausgedacht hatte. Und einen Vater hatte sie auch. Einen Professor. Und sofort bekam sie einen Status, ein Milieu, eine Wirklichkeit, die sie bis vor einer Sekunde noch nicht gehabt hatte.

»Sie glaubt, ich wäre zu Hause in Heidelberg. Meine Mutter sagt, es kämen täglich Briefe oder wenigstens jeden zweiten Tag. Sie muss die Adresse über die Uni bekommen haben. Willst du mal sehen?«

Nein, bloß nicht, dachte ich. Er angelte nach dem Portemonnaie in seiner Gesäßtasche, dazu musste er sich weit zu mir herüberlehnen. Bodenwelle.

»Sie ist eine Schönheit«, sagte ich zu dem Foto in seiner Hand.

»Wie du das sagst! Ich kann das gar nicht mehr sehen. Diese Anhänglichkeit hat sie völlig verändert … Sie war von einem Tag auf den anderen bereit, alles aufzugeben. Verstehst du?«, sagte er und schüttelte den Kopf.

»Und du hast nur gespielt.«

»Nein. Es war kein Spiel. Ich mochte sie wirklich. Aber es war auf Zeit. Und ich war ehrlich zu ihr. Sie wusste, dass ich bald wieder gehen würde. Ich habe es ihr gesagt, ganz am Anfang und immer wieder. Und sie war eine selbstbestimmte Frau, die gut auf sich selbst aufpassen konnte.«

»Du glaubst also, sie hat dich gehört. Hat sie dich auch verstanden? Woher weißt du, dass sie wirklich das verstanden hat, was du gemeint hast?«

»Sie hat es gesagt. Sie hat gesagt, sie würde verstehen. Sie war einverstanden.«

»Woher weißt du, dass sie sich nicht doch Hoffnungen gemacht hat?«

»Machen sich Frauen denn immer Hoffnungen?«

»Weiß nicht. Aber ich kenne welche, die leiden unter einer Art Wahrnehmungsstörung. Genau genommen, leiden sie nicht darunter. Sie sind halt so. Sie schaffen es nicht, die Männer beim Wort zu nehmen, lesen ständig zwischen den Worten und zwischen den Zeilen, finden Sinn und Nebensinn und Unsinn in allem, was gesagt wird, und selbst in das, was nicht gesagt wird, oder besonders dann, wenn nichts gesagt wird, lesen sie noch etwas hinein und heraus.«

»Jetzt redest du von dir selbst.«

»Quatsch.«

»Doch, du Literaturstudentin! Und von deinem Friedrich. Ist doch so?«

Ganz ohne Bodenwelle stieß ich ihm sehr unsanft in die Seite. »Von dir reden wir hier, du Casanova.«

»Bin ich gar nicht!«

»Beweise?«

Und irgendwann waren wir am Ziel. Der Transporter stoppte, Susan öffnete die Tür, ich stieg mit Mattes aus, und Peter und Susan fuhren alleine nach Hause.

Das Wetter war in den letzten Tagen schlecht gewesen. Auch auf unserem Ausflug nach Somerset waren immer wieder schwere Regenwolken über die Landschaft gezogen und hatten sich überfallartig ergossen. Jetzt gegen Abend war die Sonne aufgetaucht und die nassen Hecken und Weiden am Flussufer leuchteten in einem unwirklichen Gelb. Über dem Avon hing der breite Fetzen eines Regenbogens.

»Schau! Die schönen Farben«, sagte ich und setzte mich auf den Holzsteg. Ich spürte, wie Mattes sich hinter mir niederließ, trotz des Abstands.

»Naturphänomen, keine Farben.« Er klang ganz nüchtern und fast, als ob er sich ein wenig lustig über mich machte. »Es ist immer noch dasselbe weiße Sonnenlicht. Die Wassertropfen in der Atmosphäre zerlegen es in Strahlen verschiedener Wellenlänge. Wie lauter kleine Prismen. Und willst du auch noch wissen, warum der Regenbogen die Form eines Bogens hat?«

»Nein, danke.«

Ich hatte langsam genug von seiner Weltanschauung. Immer hatte er eine Erklärung für alles parat.

»Es ist praktisch der Boden eines Kegels aus Lichtstrahlen, dessen Spitze in deinem Auge liegt. Strenggenommen können wir beide niemals denselben Regenbogen sehen, es sei denn, wir würden ineinander aufgehen und könnten durch die Augen des anderen schauen. Ungefähr so.« Er war näher gerückt, saß dicht hinter mir, ein Bein angewinkelt, eines ausgestreckt, sodass sich unsere Oberschenkel leicht berührten. Er lehnte sich nach vorne, sein Gesicht ganz nah neben meinem. »Jetzt sehe ich, was du siehst.«

Wohl kaum, dachte ich noch, ohne den Blick vom Himmel zu nehmen, an dem der Regenbogenfetzen nur noch zu ahnen war. Ich schloss die Augen, und dann war da nichts mehr als die Fingerspitzen auf meiner Haut, die über den Rücken nach oben zum Nacken und zurück wanderten, und seine Stirn auf meiner Schulter, schwer, und sein Atem. Es gab keinen Regenbogen mehr und keinen Fluss und keinen Steg und kein Bath und kein England und kein Brasilien und nichts und niemanden mehr sonst als das Verlangen, dass diese Hände weiterwandern sollten.

Wo ich gerne berührt werden würde, fragt mich Stéphane. Ich sage: an der Seele. Er beharrt erstmal auf den Körper. Erstmal, sagt er und behauptet dann, dass er nicht wirklich zwischen Körper und Seele trenne. Nicht wirklich? Wirklich nicht, wäre mir lieber. Spricht da der Verführer oder spricht da einer die Wahrheit? Und in welchem Moment ist diese Wahrheit denn wahr und für wie lange oder ab wann? Das ist eine Möglichkeit: man beschränkt sich aufs Körperliche und hält die Seele unter Verschluss. Dann können die Hormone tanzen und die Gehirnströme fließen und der Puls rasen. Für eine Weile. Bevor man alles wieder schön säuberlich wegpackt und sich in Stoizismus übt fürs Seelenheil und behauptet, man hätte seinen Frieden damit gemacht und lebe in Frieden und Zufriedenheit. Dabei ist es nur ein sich Zufriedengeben mit der Gleichgültigkeit, eingelullt und ruhiggestellt. Es ist eben nicht alles gleichgültig! Wenn alles gleich gilt, dann herrscht die große Beliebigkeit. Sicher ist, seit wir uns schreiben, dehnt sich meine Vorstellungskraft, wie seit Jahren nicht mehr. Weil es schön ist, so zu träumen, kultiviere ich diesen Erregungszustand. Mein ganzer Körper ist in Aufruhr. Ich schlafe kaum, mein Herz rast, mein Hirn läuft auf Hochtouren.

Nach dem Bad stelle ich mich auf die Waage. In den letzten drei Wochen habe ich drei Kilo abgenommen. Bestandsaufnahme des Körpers im Spiegel: Die senkrechte Falte auf der Nasenwurzel, die es schon ewig gibt, hat eine kleinere Schwester bekommen, die horizontalen Linien auf der Stirn sind schon lange vorhanden, aber noch immer ganz fein, die blauen Augen verstecken sich ein bisschen in ihren Lidern, die Lachfalten um die Augen strahlen Richtung Ohren, meine Mädchengrübchen um den Mund setzen sich heute in konzentrischen Wellen fort. Über der Oberlippe beobachte ich schon länger, wie die zarten Fältchen zunehmen, eine erste Ahnung davon, dass das mal der Mund einer Alten sein wird, recht neu sind die feinen weißen Härchen, die ich auszupfe, das eine braune wächst schon lange immer wieder in dem kleinen Muttermal auf meiner Wange. Im Monatszyklus taucht irgendwo im Gesicht ein Pickel auf, der aufblüht und vergeht, aber es dauert viel länger als früher, bis die letzten Anzeichen davon verschwunden sind, die Haut regeneriert sich nicht mehr so schnell, ich frage mich, wann sie anfangen zu bleiben, als Altersflecken. An der Haut meines Halses habe ich nichts auszusetzen, und die sanften Ausbuchtungen über den Jochbeinen gefallen mir sehr, die hatte ich früher nicht so ausgeprägt. Meine Brüste sind schön wie eh und je, rund und gleichmäßig, kleiner vielleicht nach zwei Stillkindern, der Bauch setzt flach an und endet in einer weichen Wölbung, von den Schwangerschaften ist fast nichts geblieben, außer dass ich meinen Körper viel lieber mag als früher und ihn dafür bewundere, was er kann. Die Taille ist nicht besonders ausgeprägt, nach unten verbreitert sich alles fließend in die Hüften. Die Schamhaare wollen höher reichen als noch vor Jahren und sind an den Rändern schwerer in Schach zu halten. Ich muss lächeln. Schamhaar! Die meisten Wörter für intime Stellen des Körpers sind komisch, nicht komisch-seltsam, sondern komisch-lächerlich. Ganz aus der Nähe sieht man, dass die glatte Haut meiner

Oberschenkel mit blauen und roten Äderchen durchzogen ist, als ob sie dünner geworden wäre mit der Zeit, auf den Knien sind noch immer die kleinen Narben der Kindheit zu sehen. Die Schienbeine muss ich auch häufiger rasieren, und auch hier heilen die Kratzer und Mückenstiche nicht mehr so schnell und hinterlassen bei genauer Betrachtung feine Spuren. Mitte Vierzig bin ich jetzt, mehr Ende als Mitte. Seit über zwanzig Jahren schlafe ich mit demselben Mann. In diesem Körper, den ich nicht verlassen kann. Alles endet an der Haut. Wenn man dem anderen unter die Haut käme, wäre dann alles gut?

Stéphane sagt, reiner Sex interessiere ihn nicht. Warum glaube ich ihm nicht? Ich kann mir schwer vorstellen, was er sonst von mir will. Aber wenn es nur das wäre, wäre es mir dann recht? Zwei Antworten: auf keinen Fall. Und: auf jeden Fall. Was habe ich zu verlieren? Ich bin eine Frau, die sich nehmen kann, was sie will. Er ist genauso meine Eroberung wie ich seine.

Die Badezimmertür öffnet sich zögerlich.

»Du …«, sagt Alexander. Schon an seiner Körperhaltung und dem Blick sehe ich, was er will. Er tritt neben mich ans Waschbecken und betrachtet mich im Spiegel. »Es wäre mal wieder Zeit.«

»Was meinst du?« Ich spüre, wie sich alles in mir verschließt.

»Wir haben seit zwei Wochen keinen Spaß mehr gehabt.«

Spaß. Wir. Warum sagst du nicht einfach, was du willst, denke ich und sage: »Zählst du mit?«

»Ich verstehe, dass du müde bist. Der lange Tag, der Weihnachtsstress, die Kinder und alles. Aber …«

»Ich werde niemals aus Mitleid mit dir schlafen! Das weißt du. Das wäre eine Bankrotterklärung.«

»Ich brauch's halt. Mehr als du, anscheinend.« Er versucht mich von hinten zu umfassen. Ich erstarre, dann winde ich mich aus seiner Umarmung und stelle mit Nachdruck die Zahnbürste ins Glas.

»Anscheinend ist gut.«

Ich lege mich ins Bett, wickle die Decke fest um mich und lausche in die Dunkelheit. Ich höre den Wasserhahn, das Surren der Zahnbürste, die Klospülung. Alexander lässt sich schwer aufs Bett fallen und seufzt. Nach ein paar Minuten ist er eingeschlafen. Auf dem Rücken. Mit sanftem Druck drehe ich ihn auf die Seite, damit das leise Schnarchen aufhört. Immer dasselbe, denke ich. Meine Hand wandert zwischen meine Beine und meine Gedanken zu Stéphane.

8

»Deine Stimme klingt ganz anders auf Deutsch. Viel höher«, sagte Mattes und goss heißes Wasser in meine Tasse. Ein erneuter Regenschauer hatte uns vom Steg vertrieben. Wir saßen in der Küche seiner Gastfamilie. Sie würden erst morgen wieder aus London zurückkehren. Es war eine Henkeltasse aus Porzellan, blau mit Goldrand, darin einer dieser kreisrunden Teebeutel ohne Faden, der das Wasser augenblicklich goldbraun färbte, obenauf schwamm ein Kalkfilm, der Tee dampfte und duftete leicht parfümiert. Ich griff nach der Zuckerdose, die ebenfalls blau war, zum selben Geschirr gehörig, der Deckel mit einem goldenen Knopf, der Zucker braun, grobkörnig, man musste viel nehmen, damit man etwas davon merkte. Der schillernde Film in der Tasse drehte sich in einem Strudel.

»Milch?«

»Ist leider aus. Warte, ich schau nochmal.«

Er stand auf, ging an mir vorbei. Ich hörte, wie sich die Kühlschranktür öffnete, wie sie sich wieder schloss, mit einem satten Geräusch, als würde sie angezogen. Für eine Ewigkeit stand er in meinem Rücken.

Der goldene Knopf auf der Zuckerdose, der Tee, noch viel zu heiß zum Trinken. Ich zuckte zurück als meine Lippen das Porzellan berührten. Dann seine Fingerspitzen, die wie zufällig über meinen Nacken streiften, als er sich wieder zu mir setzte. Näher dieses Mal, übers Eck. Sein Gesicht ganz ernst, fragend, dann ein Kuss, wie ich noch nie einen bekommen hatte, und ich gab ihn zurück wie ich noch nie einen gegeben hatte.

Vortrag über die Implausibilität von Zaubertränken, von *Dr. rerum naturalium to be* Mattes. Veranstaltungsort: Stratford-upon-Avon, hinter dem Royal Shakespeare Theater. Zeit: Nach der zauberhaften Aufführung der Royal Shakespeare Company von *A Midsummer Night's Dream*, *The juice of it on sleeping eyelids laid will make or man or woman madly dote upon the next live creature that it sees*. Wir warten auf die handbetriebene Fähre über den Fluss.

»Die Literaten machen es sich zu leicht. Oder sie machen alles unnötig kompliziert. Entweder es funkt oder es funkt nicht. Blumensaft auf Augen träufeln! Damit kann man die Natur nicht aushebeln. Das biologische Programm läuft oder es läuft nicht. Ist mittlerweile gut erforscht. Vor allem müssen die Immunsysteme so unterschiedlich wie möglich sein, das ist biologisch sinnvoll. Es sind angeblich die Frauen, die sowas riechen können. Dann kommt natürlich noch allerlei psychosozialer Kram dazu, wenn der halbwegs passt – und da kann man sich so manches zurechtphantasieren – dann wird die Hormonproduktion im Hirn angeworfen. Adrenalin, Dopamin, Oxytocin übernehmen das Kommando, der Serotoninspiegel sinkt, Suchtgefühle übernehmen die Kontrolle. Da hast du deinen Zaubertrank!«

»Es ist ein Bild, ein Symbol. Es steckt etwas Wahres darin!«

»Es ist falsch. Also eine Lüge.«

Die Fähre hat das gegenüberliegende Ufer erreicht. Die wenigen Passagiere steigen aus. Dann kehrt sie um. Gemächlich dreht der Fährmann seine Kurbel. Die Kette, an der das Fahrzeug gezogen wird, rattert gleichmäßig. Die Fähre heißt Malvolio.

»Weißt du, ich glaube, ich habe eine Neigung, ein Bedürfnis sogar, die Welt anders sehen zu wollen, als sie ist. Manchmal würde ich gerne allen ins Gesicht schreien: Die Welt ist nicht so, wie ihr sagt! Ihr müsst nur richtig hinschauen, ihr müsst es nur wollen! Aber mit euren Worten und Erklärungen schreibt ihr alles fest und zementiert alles, und euch zementiert ihr gleich mit ein.«

»Aber falsch bleibt falsch.«

»In welcher Welt?«

»In der einzigen, die es gibt!«

Wir steigen auf die schwimmende Holzkiste. An der Reling hängen reichlich Rettungsringe, als gelte es, den Atlantik zu überqueren. Der Fährmann kassiert sofort. Er nimmt nur Münzgeld.

»Was siehst du?«, frage ich Mattes.

»Einen Mann, der mir fünfzig Pence abknöpft, um mich ein paar Meter über einen seichten Fluss zu schippern.«

»Kennst du Charon?«

»Nie gehört. Wer soll das sein?«

»Egal. Hast du noch nie erlebt, dass etwas zugleich falsch und richtig sein kann?«

Die Kette der Fähre rattert leise. Mattes schweigt und dreht ein Fünfzig-Pence-Stück in den Fingern herum. Rausgeld auf ein Pfund. Ich zweifle, ob er meine Frage überhaupt gehört hat.

»Komplementarität.«

»Wie bitte?«

»Das Prinzip der Komplementarität. Es besagt, dass eine wissenschaftliche Erklärung erst dann vollständig ist, wenn sie zwei Erklärungen, die sich widersprechen, als gleichwertig anerkennt und zusammenbindet. So wie beim Licht, das man sich als Welle und Teilchen vorstellt. Wenn man sich an die Teilcheneigenschaften des Lichtes hält, mit den Teilchen rechnet, ist es ausgeschlossen, sich das Licht als Welle vorzustellen und umgekehrt. Sobald man das eine als gegeben ansieht, wird das andere zur Unmöglichkeit. Es ist, als ob man auf dem Rand einer Münze wanderte, man weiß, dass es zwei Seiten gibt, aber niemals kann man beide gleichzeitig betrachten.«

Er steckt die fünfzig Pence ein und schweigt. Beim Aussteigen auf der anderen Seite des Flusses reicht er mir für einen Moment die Hand.

»Weißt du, was mir an der Komplementarität so gut gefällt?«, fragt er. »Komplementäre Beschreibungen bleiben bei ihrer Konfrontation gleichberechtigt bestehen, sie bilden eine Einheit, ohne dass die einzelnen Seiten ineinander aufgehen und verschmelzen. Sie behalten ein Geheimnis, eine Spannung.«

Der Weg von der Küche zu seinem Zimmer hatte keine räumliche Qualität. Er bestand nur aus einem Händedruck und dem Brennen auf den Lippen von den Küssen, die wir uns am Teetisch über den blauen Tassen und der Zuckerdose mit dem goldenen Knopf gegeben hatten. Und das Zimmer bestand nur aus dem Raum, den seine Hände auf meinem Körper beschrieben, aus der feuchten Wärme seines Atems auf meiner Haut, aus seiner Erregung, die mich mitriss, ohne Kontrolle. Es war ein einziges Ja, das durch den Körper ging.

Und plötzlich.

Und plötzlich spürte ich einen fremden Körper über mir, spürte eine fremde Schwere an meinen Handgelenken, auf meinen Hüftknochen, spürte fremde Haut auf meiner Wange, meinem Hals, meiner Brust, sah den Kiefernholzschrank in der Ecke und das kleine Waschbecken in der Wand und den gehäkelten Bettüberwurf. Das ganze Zimmer, das ganze Gefühl zerfiel in seine Einzelteile.

»Ich kann nicht!«

Ich musste es zweimal sagen, bis er es hörte. Aber er verstand nicht.

»Was?«, sagte er, wie jemand, den man aus dem Tiefschlaf holt.

»Ich kann nicht.«

»Ich … du … nein, aber … Bitte! Ach, bitte!«

Es tat mir so leid.

»Ich kann nicht weiter.«

»Oh Gott! Was macht es noch für einen Unterschied?«

Ich wollte ihn nicht ansehen, damit er mich nicht ansehen musste. Ich nahm ihn in den Arm, und ich flüsterte auf ihn ein: »Es tut mir leid. Es tut mir sehr leid. Aber ich weiß, ich würde es bereuen. Ich würde es bereuen.«

Ich weiß nicht, wie lange wir so lagen, aber es war sehr spät geworden. Der letzte Bus zurück in die Stadt war längst abgefahren. Ich musste ein Taxi nehmen.

So war es. Teetrinken und Rückzieher.

War es so? Zumindest ist das die Version, die ich Friedrich gestand, als er kam.

Was macht es für einen Unterschied? Wenn niemand weiß, dass etwas passiert ist, ist es dann passiert? Wenn nur zwei Menschen wissen, was passiert ist, und keiner jemals davon spricht, ist es dann passiert? Und wenn jeder das Erlebnis anders wahrgenommen hat, sind dann verschiedene Dinge passiert? Im Reisetagebuch steht von all dem nichts. Macht es das ungeschehen? Aber es ist doch gar nichts geschehen. Oder etwa doch? Was genau ist denn nicht passiert, und was hätte denn noch passieren können?

Aber etwas geschah tatsächlich. Mitte September endeten die Ferienkurse, und Friedrich kam nach England.

9

In drei Tagen ist Silvester. Wie lange dauern denn diese Feiertage in Frankreich? Die Großeltern sind abgereist. Alexander arbeitet wieder, nur falls was wäre, wegen der Kunden. Wie pflichtbewusst. Die Kinder zeigen erste Anzeichen von Ferienkoller. Hoffentlich wird das Wetter bald besser. Ich klappe mein Laptop auf. Keine Nachricht von ihm.

Warum so verzweifelt, kleine Schriftstellerin? Warum arbeitest du nicht auch? Warum die Tage so sinnlos verwarten, als ginge das Leben nur mit ihm weiter? Mit wem? Mit deinem Traumgespinst. Jetzt geht er in den verschneiten Vogesen herum und freut sich über das vergangene Jahr mit dem erfolgreichen CD-Release und den vielen Konzerten und den vielen Gelegenheiten, erinnert sich an die jungen und nicht mehr ganz so jungen Anhängerinnen und Veranstalterinnen und Assistentinnen und Journalistinnen. Da geht er herum, mit seiner Frau im Arm, und ist zufrieden mit sich und der Welt und der Tatsache, dass sie ein gutes Team sind. Ich suche keinen neuen Mann. Ich will nicht hinter der Bühne stehen und hören, wie der ganze Saal seine Lieder mitsingt, ich will nicht sehen, wie sie ihm zujubeln und ihre *Je t'aime*-Plakate hochhalten, ich will nicht in der ersten Reihe sitzen, wenn er Preise und Blumensträuße überreicht bekommt und sich artig bei seiner Frau für die Unterstützung bedankt, ich will auf keine CD-Release-Party, und ich will nicht mit ihm zu seiner Mutter fahren an Weihnachten oder zum Neujahrsempfang der nächstgrößeren Stadt. Vielleicht wenn wir uns vor zwanzig Jahren getroffen hätten. In einem anderen Leben. Dann wäre ich jetzt die Frau, die er betrügt. Oder *wie immer du es nennen willst*. Fluch und Segen des Alters und der Erfahrung: Man denkt schon am Anfang das Ende gleich mit.

Im Feiertagsmodus sei er. *Kann mich nicht in Stimmung bringen, dir Phantasien zu schreiben.* Ob er je wieder in Stimmung kommt? Oder ob er sich auf sein wohl bestelltes Leben besinnt und ganz ohne Dringlichkeit auf die nächste Gelegenheit wartet, die ihn in Stimmung versetzt? Einfach weitergehen. Ich fürchte, das könnte er. Was sollen ihm der flüchtige Augenblick einer Samstagmorgenbegegnung und ein paar leidenschaftliche Mails und ein paar Tagträume und nächtliche Phantasien und ein kurzes Rendezvous auf einer Rheininsel? Wie schnell unser Mailverkehr ins Erotische kippte. *Ein Engel bin ich wohl nicht.* All die Fragen, wie oft, wie viele, wann zuletzt, gab es kurze und lange Affären, wie lange währte lange, wie endeten sie, gibt es noch Kontakte zu abgelegten Frauen, Frauen, die ihm noch immer nachschleichen und nachhängen und anhängen. Alles Fragen nach mir selbst und meinem möglichen Schicksal.

Aber da ist auch die andere Stimme in meinem Kopf, die sagt: Nimm ihn dir einfach! Du kannst ihn dir nehmen. Es muss dich nicht kümmern, was war, und was sein wird, und welche Rolle du für ihn spielst. Entscheidend ist, was er für dich sein soll. Er ist deine Erfindung. Zusammengereimt aus ein paar Sätzen und Phantasien, aus ein paar Berührungen und Küssen, Bruchstücke, zu einer Collage zusammengefügt. Was ist er dir schon? Ein Traum, eine Geschichte. Das bliebe er auch, wenn alles zu einem Ende käme, bevor es recht begonnen hätte.

Hat er Angst? Wovor? Wohl kaum davor, sich zu verlieben. Das scheint er für sich ausgeschlossen zu haben. *Das Wort »verlieben« hat mich ein bisschen erschreckt.* Fürchtet er sich davor, dass ich mich verliebe? Traut der in *diesen Dingen* Erfahrene der Unerfahrenen nicht? Ich habe mich noch nie richtig verliebt. Ich kann das gar nicht. Aber je länger ich darüber nachdenke, desto lauter höre ich die Frage in mir: Traust du dir denn? Was ist zum Beispiel damit: Seit Neuestem trage ich mein Handy ständig mit mir herum, von Zimmer zu Zimmer, und wenn ich ausgehe, stecke ich es außen in die Jacke, statt es tief in der Umhängetasche zu vergraben, in der Nacht lege ich es neben mein Bett, und wenn ich um zwei oder drei Uhr wach werde, geht der Griff zum Handy und zur Lesebrille, ohne die geht es nicht, und dann: Postfach neu laden, das Rädchen dreht sich, ein paar Umdrehungen Hoffnung, unsinnig, sinnlos, »gerade aktualisiert«, keine neue Mail. Wo treibt er sich herum den ganzen Morgen, den ganzen Tag, den ganzen Abend, die ganze Nacht? Wieder und wieder lese ich die wahnsinnigen Sätze, die wir uns vor Weihnachten täglich, manchmal mehrmals täglich geschrieben haben. Wieder und wieder betrachte ich das eine Foto, das ihn am ehesten so zeigt, wie er war, an dem Samstagvormittag und am Rhein. Ein verrauschter Schnappschuss vom Festival. Nein, er ist nicht mehr jung. Gar nicht. Will er sich beweisen, dass er das Fangenspielen noch beherrscht? Und vielleicht hat er es sich schon bewiesen, gemessen an dem, was ich ihm alles offenbart habe. Womöglich wäre für ihn der Schritt von der Phantasie in die Realität nur noch eine nette Dreingabe, wenn es sich ergäbe. Wenn seine Eroberung es sich denn so ausdrücklich wünscht! Warum zögert er? Fürchtet er sich vielleicht davor, meinem Verlangen nicht zu genügen? Womöglich sind die Forderungen, die sich aus meinen Phantasien herauslesen und in sie hineinlesen lassen, nicht nur erregend? Denn ich erschrecke über mich selbst. Ich muss mir nur vorstellen, dass seine Hand mich berührt, und alles zerfließt. Ich will ihn bei mir haben, in mir haben, will ihn in mich aufnehmen, ihn mir einverleiben. Nie zuvor habe ich es zugelassen, mich so nach einem Mann zu sehnen, nie hatte ich solche körperliche Sehnsucht. Davor müsste er sich fürchten. Wieder und wieder lese ich, was wir uns geschrieben haben. Wenn alles nur Phantasie bliebe? Ich glaube, ich würde es bereuen.

Wieder und wieder betrachte ich das Foto vom Festival, da schiebt sich ein anderes Bild davor, Reinhard. Professor Reinhard Koelle, mein Doktorvater. Einmal hatte er mir einen Schnappschuss gezeigt, auf dem er in einer launigen Runde mit seinen Studentinnen zu sehen war. Nach den Kleidern und Frisuren zu urteilen, war die Szene mindestens fünfzehn Jahre her gewesen. Da hatte er noch schwarzes Haar, aber selbst auf diesem Bild war er mir alt vorgekommen. Für eine Hausarbeit über Keats' *La Belle Dame Sans Merci* (*She looked at me as she did love, and made sweet moan*) hatte ich von ihm eine eins bekommen, gefolgt von dem Angebot, seine neue wissenschaftliche Hilfskraft zu werden. Er ermunterte mich auch, meine Magisterarbeit über die englischen Romantiker zu verfassen, es war eines seiner Steckenpferde, neben der Lyrik des sechzehnten und siebzehnten Jahrhunderts und Chaucers *Canterbury Tales*. Ich freute mich, dass er meine Arbeit schätzte, und fühlte mich geschmeichelt. Zweimal in der Woche kam ich in sein Büro, um allerlei kleine Aufgaben für ihn zu erledigen. Es muss dienstags und donnerstags gewesen sein, denn er lebte in Frankfurt und war nur drei Tage die Woche in Freiburg. Er legte sehr viel Wert auf sein Äußeres, stets war er perfekt rasiert, hatte gepflegte Hände und schämte sich für seine Lesebrille. Er kleidete sich geschmackvoll, wenn auch einen Tick zu jugendlich.

Kurz vor Weihnachten lud er mich zum Essen ein. Ich fand das nett und unverfänglich, lächelte nur kurz über seine Eitelkeit, als er seinen Aktenschrank öffnete und sich mit Hilfe eines Kammes und eines kleinen Spiegels ausgehfertig machte. Ob das gut so sei, wollte er von mir wissen, als sei ich ein zweiter Spiegel, und besprühte sich mit einem der Duftwasser, von denen es eine beträchtliche Auswahl im Schrank zu geben schien. Er führte mich in ein gutes Lokal, bestellte Wein, zur Feier des Tages, wie er sagte, und begann, mir Bruchstücke seines Lebens in Frankfurt aufzudrängen, die mich nichts angingen und mich nicht besonders interessierten. Er redete von seinen Katzen, der roten und der schwarzen, von seinen verstaubten Bücherregalen und von seiner Freundin, die mit literarischen Übersetzungen viel zu wenig verdiene und wie ein junges Mädchen wirke, obwohl sie gar nicht mehr so jung sei, aber doch wesentlich jünger als er. Ich erzählte ihm von Friedrich, und dass ihn die Vergabestelle für Studienplätze an die von Freiburg am weitesten entfernte Universität nach Greifswald verbannt hatte, eintausend Kilometer quer durch Deutschland. Reinhard sprach mit Begeisterung von seinem Beruf, der seine Berufung sei. Es inspiriere ihn, von jungen Menschen umgeben zu sein, die das Leben noch vor sich hätten und voller Möglichkeiten steckten, ganz im Gegensatz zu seinen Altersgenossen, und besonders den Frauen in seinem Alter, die häufig auf Einbahnstraßen unterwegs seien, auf denen sie nicht mehr auf die Idee kämen, umzukehren oder auch nur Halt zu machen, die mit so vielem schon abgeschlossen hätten und glaubten, sie hätten alles schon gesehen. Wenn ich daran denke, sehe ich noch immer den durchscheinenden Kelch vor mir, es war ein Römerglas auf einer gehäkelten Tischdecke. Mit beiden Zeigefingern spiele ich an dem gerippten Schaft herum. Ich starre ein bisschen benebelt in die rote Flüssigkeit und denke: Niemals werde ich so sein. Niemals!

Im neuen Jahr kam es dann immer öfters vor, dass ich ihn nach der Arbeit noch zum Essen begleitete. Er freue sich über Gesellschaft in seiner Drei-Tages-Einsamkeit, sagte er. Jedes Mal erkundigte er sich nach Friedrich und den neusten Irrungen und Wirrungen unserer Fernbeziehung. Natürlich verschwieg ich Reinhard, dass Friedrich mir einen Ausrutscher mit einer Kommilitonin gebeichtet hatte. Ich verschwieg ihm auch, dass dieser Ausrutscher nicht einfach wieder verschwand, sondern sich anscheinend in den Kopf gesetzt hatte, meinen Freund von den Vorteilen einer Vorortbeziehung zu überzeugen. Ich erzählte ihm auch nicht, dass ich mich ständig mit der Vorstellung quälte, wie sie laut stöhnend unter ihm lag und ihn mit schmutzigen Worten anfeuerte. Details, mit denen Friedrich mich am Telefon nicht verschont hatte, und die ich nicht anders verstehen konnte, denn als Nachweis dafür, dass mit mir etwas nicht stimme, so wenig leidenschaftlich wie ich sei. Was folgte, war eine Reise quer durchs frisch vereinigte Deutschland, mit dem Nachtzug in zehn Stunden nach Berlin. Thees brachte mich zum Bahnhof, ich sehe ihn noch am Gleis stehen mit dieser Hoffnung im Gesicht, dass es dieses Mal ein Ende nimmt. Die Fahrt wie ein Wachtraum, die Hitze, die Gestalten mit ihren Rucksäcken in den Gängen, der Aufenthalt am frühen Morgen vor dem von Christo verhängten Reichstag, die leere Steppe rund um das Gebäude mitten im Niemandsland, alles niedergetrampelt in der Sommerhitze. Dann noch drei Stunden weiter durch das mecklenburgische Nichts an die Ostsee. Auch in Greifswald ist alles kaputt. In manchen Häusern gibt es noch Einschusslöcher aus dem Zweiten Weltkrieg, Schlaglöcher in den Straßen. Friedrich geht neben mir, schiebt stumm sein Mountainbike über die Betonplatten des Bürgersteigs, die gegeneinander verschoben sind wie staubige Eisschollen.

Am Abend hängen die West-Studenten in seiner Männer-WG in der heruntergekommenen Gründerzeitvilla herum.

Wie Schiffbrüchige auf einer unbekannten Insel rotten sie sich zusammen, irgendwas zwischen Opfer und Eroberer. Alle wären sie lieber nach München, Heidelberg oder Freiburg gegangen. Und sie haben kaum andere Themen als den Präpkurs und den Physiologie-Schein und die Terminologie-Prüfung. Friedrich führt große Reden, wie man nach dem Physikum möglichst schnell an seinen Wunschstudienort kommt. Ich fühle mich fremd, fehl am Platz, falsch angezogen, das falsche Lachen an der falschen Stelle. Und dann sie, die ganz unverfroren inmitten dieser Schicksalsgemeinschaft sitzt und mir verstohlene Blicke zuwirft. Schließlich kommt sie zu mir herüber und faselt davon, wie sympathisch sie mich fände, und dass sie verstünde, warum Friedrich so an mir hänge. Ich starre gehässig auf die Speckrollen unter ihrem bauchfreien Top und sage kein Wort. Am anderen Morgen ist in der Küche jede horizontale Fläche mit Bierflaschen belegt, alles lokale Marken aus den Heimatgemeinden der Zwangsverschickten, die es vor Ort nicht zu kaufen gibt. Ich betrachte angewidert die Fotos, die sie von ihm gemacht hat, unterhalb der Kreidefelsen auf Rügen, mit seiner Spiegelreflex, schwarz-weiß, Weichzeichner. Er sieht darauf viel besser aus als in echt. Da sagt Friedrich diesen kaputten Satz: Er könne sich nicht vorstellen, einmal eine Frau zu haben, die genauso viel verdiene wie er. Das spricht dann doch für deine Literaturstudentin, denke ich und hasse ihn für einen kurzen Augenblick. Von all dem erzählte ich Reinhard nichts. Auf seine Nachfragen lächelte ich einfach und sagte, alles sei in bester Ordnung, wenn doch nur der Weg nicht so weit wäre.

Dann gab es diesen Abend, das muss kurz vor meiner Abreise nach England gewesen sein: Ich sitze mit Reinhard in seiner Professorenbude, und er liest vor, *When forty winters shall besiege thy brow*, mit dieser leicht brüchigen Stimme. Warum ich mitgegangen bin, erinnere ich mich nicht. Wir sitzen nebeneinander auf seinem Bett, weil es kein Sofa gibt, und er möchte, dass ich näher an ihn heranrücke, damit er mir seine handschriftlichen Eintragungen in seiner alten Studienausgabe der Shakespeare-Sonette zeigen kann. Er versucht, den Arm um mich zu legen, und tut beleidigt, als ich wieder von ihm abrücke. Ob ich denn meine Freunde nie in den Arm nähme, will er wissen. Das machten Freunde doch so. Und wir seien doch Freunde? Und dann kippt er sein ganzes Elend über mich aus, fängt an, von seiner bevorstehenden Prostataoperation zu erzählen. Er wisse sich in besten Händen, er kenne den Professor Soundso persönlich, und Professor Soundso wäre ein Meister seines Fachs und verstünde alles und ihn und seine Situation ganz besonders, und seine Freundin, die wesentlich jüngere Übersetzerin, sei auch ganz zuversichtlich und guter Dinge und verstünde alles und könne sich so gut in ihn hineinversetzen, und sie sei auf alles vorbereitet und zu allem bereit, aber es werde schon nichts passieren, denn Professor Soundso sei ein Meister seines Fachs. Ich starre auf das Buch in seinen Händen, *all-eating shame* und *lusty days* und Prostata. Worte aus einer mir fremden und fernen Vergangenheit fallen zusammen mit Worten aus einer mir fremden und fernen Zukunft. Als ob mich das was anginge, denke ich. Der Mann mit den Altersflecken auf den Händen, der sich seiner Studentin aufdrängt.

Als ich aus England zurückkam, taten wir beide so, als sei nichts geschehen. Es war ja auch nichts geschehen. Zumindest nicht mit Reinhard. Ich legte meine Magisterprüfung bei ihm ab, und weil er mich dabei weder bevorzugte noch benachteiligte, ging ich auf das Angebot ein, bei ihm zu promovieren. Ich bekam ein Promotionsstipendium und gab meine Stelle bei ihm auf. Und jetzt fällt mir noch etwas ein: Der Sonette-Abend hatte in meinem ehemaligen Zimmer in der Innenstadt stattgefunden, wo inzwischen Reinhard wohnte! Als ich an den Seepark zog, war er gerade auf Wohnungssuche gewesen, und ich hatte ihn meiner Wirtin als Nachmieter präsentiert. Ich suche im Internet nach ihm, aber es gibt kaum Spuren, nur seine Veröffentlichungen. Ich scrolle die lange Reihe der Buchtitel nach unten und es ist, als stünde ich noch einmal vor dem Regal in seinem Büro im Englischen Seminar. Es war das Erste, was man sah, wenn man hineinging, ein kleiner Schrein, auf dem er seine Werke präsentierte. Ein Band stand exponiert vor den anderen Buchrücken und zeigte das Porträt eines volllippigen Dandys in träumerischer Pose und Pelzkragenmantel, Oscar Wilde. Es war Reinhards Habilitationsschrift. Er starb, bevor sich das Internet so richtig zu füllen begann. Herzinfarkt. Mit Anfang sechzig.

10

Gleich am ersten Morgen in London ging ich zu Fuß in die Tite Street. Oscar Wilde hatte hier gelebt, bis zu dem Tag, an dem sie ihn aus seinem Haus geholt hatten. Der Wahnsinnige hatte geglaubt, sich verteidigen zu müssen, und war gegen Bosies Vater vor Gericht gezogen, der ihn der Sodomie beschuldigt hatte. Wie sehr kann man sich im Recht glauben, wie sehr kann man sich täuschen wollen? Er führte eine Liebesbeziehung mit Bosie, er hatte ein Verhältnis, das nicht nur nicht toleriert war, sondern verboten, mit hohen Strafen belegt. Aber er fühlte sich im Recht, sein Gefühl, das der herrschenden Ordnung entgegenstand, war für ihn eine Art Naturrecht. Die Echtheit seines Gefühls, die Tiefe seines Verlangens war seine Legitimation. Sein Gang vor Gericht war kein revolutionärer Akt, er war selbstmörderisch, selbstzerstörerisch, wenn auch ungewollt. Wilde wollte nicht zum tragischen Helden werden. Er hatte die Konsequenzen rundweg ausgeblendet, die Konsequenzen für sich, für seine Frau, für seine Kinder, für alle Beteiligten. Er fühlte sich im Recht, berechtigt, hielt, was er tat und getan hatte, für vollkommen gerechtfertigt. Er glaubte, man könne den Lauf der Welt ändern, indem man fest genug die Augen schloss und laut genug seine Version der Geschichte erzählte.

Ich ging in die Tite Street, nicht weil ich das dringende Bedürfnis hatte, vor diesem Haus mit der blauen Plakette zu stehen, ich ging, weil mir nach Weglaufen war, und weil das der erste Ort war, der mir einfiel, nachdem Friedrich erklärt hatte, dass er mich am ersten Tag nach unserer gemeinsamen Ankunft in London nicht sehen wolle. Er wohnte in einem Zimmer in seiner Sprachschule, wo auch immer die war, daran kann ich mich nicht erinnern. Jedenfalls war sie nicht um die Ecke von der Jugendherberge am Earl's Court, in der ich untergekommen war, sondern mehrere Tube-Haltestellen entfernt. Ganz Kensington und Chelsea ist in meiner Erinnerung eine Aneinanderreihung von roten Backsteinfassaden mit weißen Fenstereinfassungen, drei Stockwerke hoch plus Mansarde, ein Haus wie das andere, dazwischen das von Wilde mit der blauen Gedenkplakette.

Ich bleibe nicht einmal stehen, gehe weiter, immer weiter entlang der Themse, Chelsea Embankment, Grosvenor Road, jetzt mit dem ganzen London-Panorama vor Augen, Parlament, Westminsterbrücke, geblendet von der aufgehenden Sonne. Ich habe die halbe Nacht nicht geschlafen, bin um kurz vor fünf aufgebrochen, nachdem ich stundenlang im Gemeinschaftsraum auf den Fernseher gestarrt hatte, auf dem MTV lief, *What's the story, morning glory.* In meinem Kopf drehe und wende ich die immer selbe Frage, ob es ein Fehler war, Friedrich von Mattes zu erzählen. Warum hatte ich es erzählt? Es war doch nichts passiert, wie ich mir immer wieder versicherte. Was wollte ich damit bezwecken? Mein Gewissen erleichtern? Ihm beweisen, wie treu und ehrlich ich war? Ihm unter die Nase reiben, dass es sehr wohl möglich sei, im letzten Moment aus so einer Nummer auszusteigen, wenn man nur wolle? Vielleicht hätte ich es überhaupt nicht erzählt, wenn seine Ankunft in Bath verlaufen wäre wie erwartet: Wie habe ich dich vermisst! Wie froh ich bin, dich wiederzusehen! Wie ist es dir ergangen in all den Wochen?

Schon Tage vorher hatte ich Pläne mit Susan geschmiedet, auf welcher Route wir ihn durch die Stadt lotsen würden. Eine besondere, ganz persönliche Stadtrundfahrt sollte es werden, die georgianischen Straßenzüge hinauf und hinab, ringsherum um die Baumriesen in den Verkehrskreiseln, vorbei an der Abbey und den römischen Bädern, den Avon entlang, über die Pultney Bridge. Peter hatte erste Vorbereitungen für sein indisches Festmahl getroffen, und ich war in dem Feinkostgeschäft auf der Pultney Bridge gewesen, um zwei Flaschen Wein zu besorgen. Vielleicht hätte ich Friedrich überhaupt nichts erzählt, wenn ich auf der Pultney Bridge nicht zufällig noch einmal Mattes getroffen hätte. Wir hatten uns am Abend zuvor auf der Abschlussparty des Ferienkurses verabschiedet, auch Belén und Elia waren dabei gewesen. Wenn ihr mal nach Spanien kommt, wenn ihr mal nach Deutschland kommt, komm doch mal nach Genf, auf jeden Fall, wäre doch schön, was man so sagt, wenn man auseinandergeht. Er wolle nur noch schnell ein paar Mitbringsel besorgen, sein Zug ginge in drei Stunden, der Flieger von London dann am Abend, sagte er. Für einen Kaffee sei aber auf alle Fälle noch Zeit, wenn ich wolle, und ich solle doch schon mal vorgehen, er käme gleich. Also setzte ich mich ein letztes Mal ins Puppet Theater Café, auf den kleinen Balkon mit Blick über die Wasserkaskaden unterhalb der Pultney Bridge.

Da hat er mir das Herz geschenkt. Das Herz aus Glas. Dieses Herz, das jetzt vor mir auf meinem Schreibtisch liegt. Ein Artefakt, das mit mir durch Raum und Zeit gereist ist, von Bath nach London nach Freiburg, von Wohnung zu Wohnung, über zwanzig Jahre lang. Und plötzlich fällt mir der Puppenspieler ein, dem das Café gehörte. In dem schmalen Gang Richtung Toilette begegneten wir uns, er mit einem voll beladenen Tablett, und kamen nicht aneinander vorbei, weil wir wiederholt die verkehrten Ausweichbewegungen machten, Schritt nach rechts, Schritt nach links, Schritt nach rechts. Für einen Moment schien es mir, als mache er das mit Absicht. Ich blieb stehen, und er zwinkerte mir zu. Dann lächelte sein ganzes Gesicht, Mund, Nase, Augen, Stirn, ein feingeschnitztes Lächeln, das sich dutzendfach in den Marionetten zu wiederholen schien, die dort im Gang von der Decke und an den Wänden hingen.

»Ich habe noch nie jemanden so schön Deutsch sprechen hören wie Sie!«, sagte der Puppenspieler.

»Sie verstehen Deutsch?«

»Leider nein. Und ich kannte bisher nur dieses Nazideutsch aus den Filmen und das lärmige Genörgel der Reisegruppen. Aber Sie! Wie Sie eben mit ihrem Freund gesprochen haben. Das hörte sich wunderschön an. Er muss ein glücklicher Mann sein.«

»Glauben Sie?«

»Das Leben ist kurz. Wir müssen das Beste daraus machen, solange wir hier sind.«

»Und es ist zu kurz, um sich alles zu verbieten?«

Ich stand am Bahnhof in Bath und wartete. Wie immer war ich etwas zu früh. Mehr als zwei Monate hatte ich Friedrich nicht gesehen, nur selten mit ihm telefoniert. Er hatte in der Zwischenzeit sein zweites Staatsexamen in Mannheim hinter sich gebracht. Für eine Weile würde die Lernerei ein Ende haben. Wenigstens die Wochenenden, an denen er keinen Klinikdienst hatte, würden wieder uns gehören. Ich stand am Bahnhof und wartete auf meinen Freund, mit dem ich seit sieben Jahren zusammen war. Der Zug fuhr ein, Passagiere stiegen aus und ein, der Zug fuhr ab. Friedrich war nicht dabei. Es dauerte eine Weile, bis ich das realisiert hatte. Wahrscheinlich hatte er den Anschluss in London verpasst. Ich beschloss, den nächsten Zug abzuwarten. Es würde sich nicht lohnen, nach Hause zu gehen, um zu erfahren, ob er vielleicht angerufen hatte, um die Verspätung mitzuteilen. Aber auch nachdem sich die Passagiere des nächsten aus London kommenden Zuges verlaufen hatten, blieb der Bahnsteig leer.

Mit einem lauten *Welcome!* riss Susan die Tür auf, um gleich darauf erschrocken zu verstummen und mich in die Sofaecke neben dem Kamin zu verfrachten. In meiner Erinnerung ist dieser ganze Nachmittag zu einem einzigen Sitzen in der Sofaecke verdichtet. Gegen sechs kam dann der Anruf, der eigentlich der erlösende Anruf hätte sein sollen. Friedrichs Stimme am Telefon war alles andere als das. Völlig entnervt warf er mir Erklärungsbruchstücke hin, Tragflächenprobleme, die Annullierung seines Fluges, zwei Tage Party, die er hinter sich habe. Er sei todmüde, und jetzt sei ihm auch noch dieser scheiß Zug vor der Nase weggefahren. Er klang, als ob das alles meine Schuld sei, weil ich unbedingt in diesem Bath sein musste und gewollt hatte, dass er sich das ansieht. In zwei Stunden sei er da.

Das silberne Tablett war übervoll mit Currys und Chutneys, die Schälchen schimmerten in einer erdigen Farbpalette. Peter hatte ein buntes Tuch über den Couchtisch geworfen. Das hätten sie von ihrer Weltreise mitgebracht, sagte Susan, und dass sie in Indien fast gestorben wäre. Sie erzählte die Geschichte. Wir saßen auf dem Sofa und aßen mit den Tellern auf den Knien, wie wir es so oft in den letzten Wochen gemacht hatten, wenn im Fernsehen einer der alten Filme gelaufen war, die ich unbedingt hatte ansehen sollen. Oder hatten wir Videokassetten geschaut? Ich weiß es nicht mehr. Aber ich weiß noch, dass ich spätestens nach der zweiten Flasche Wein angefangen habe, mich für Friedrichs unbeteiligtes Gesicht zu rächen. Erst hatte ich mich geschämt für diesen schweigsamen Gast, der da auf dem Sessel neben dem Kamin saß, mit seinem Teller auf den Knien, der sich so gar nicht einfügen wollte, nur gerade soviel an Konversation machte, dass man ihm nicht glattweg ins Gesicht sagen konnte: Du gehörst hier nicht her. Er sah aus wie immer, und doch war etwas anders, wenn ich ihn von der Seite betrachtete, als ob ich zum ersten Mal etwas sehen konnte, was ich sieben Jahre lang nicht gesehen hatte, etwas Fremdes. Wer bist du eigentlich? Wir drei auf dem Sofa begannen eine Art Nummernrevue der Erinnerungen aufzuführen, weißt du noch dies, weißt du noch das. Ich fand es nur folgerichtig, Friedrich vollends aus dem Gespräch auszuschließen. Das war es doch, was er wollte. Und irgendwann holte ich das Glasherz und zeigte es Susan und Peter. Da lag es zwischen den leeren Schälchen auf dem Silbertablett, und Peter machte eine ironische Bemerkung, um die Situation zu retten.

Dass wir Belén im Zug nach London trafen, war Zufall. Vorausgegangen war eine zur Stadtrundfahrt umdeklarierte Umwegfahrt zum Bahnhof als Ersatz für die entfallene Tour am Vortag, Friedrichs Gesicht steinern wie die Fassaden, an denen wir vorbeifuhren. Am Ende hatte Peter die Route abgekürzt, was nur mir aufgefallen war. Susan hatte mit dem Hund hinten gesessen, der an diesem Morgen ungewöhnlich still gewesen war. Erst bei der Verabschiedung am Bahnsteig war er wieder munter geworden. Komm wieder! Versprochen. Susans lange Umarmung.

Belén stand plötzlich vor uns, freudestrahlend. Meine Liebe, dass wir uns so schnell wiedersehen! Von Bristol käme sie, sie habe mich am Bahnsteig mit Susan und Peter gesehen und schnell den Waggon gewechselt. Nach London fahrt ihr? Ich auch. Eine Woche Verlängerung, dann müsse sie leider endgültig zurück nach Spanien. Ob sie sich zu uns setzen könne? Kurz streifte mich der Gedanke, dass die Konstellation nicht ganz glücklich sein könnte, jetzt da Friedrich und ich alleine waren und es Gelegenheit gegeben hätte, ein paar

Dinge wieder zurechtzurücken, nochmal von vorne anzufangen mit dem Wiedersehen. Aber ich freute mich auch über Belén, und Friedrich schien endlich aufzutauen. Er fing an, sie über Ceuta auszufragen. Ganz aufmerksam hörte er zu, wie immer, wenn er gefallen wollte. Am Bahnhof Paddington trennten sich unsere Wege, nicht ohne dass wir uns noch einmal mit Belén verabredet hätten, Trafalgar Square, am Fuß der Nelsonsäule. Fast die gesamte Tubefahrt bis Earl's Court schwieg Friedrich. Was sollen wir heute noch machen, auf was hast du Lust? In dreizehn langen Minuten gab es darauf keine Antwort. Erst als wir in die Station einfuhren, an der ich aussteigen musste, murmelte er so etwas wie, ich glaube, ich muss hier erstmal ankommen. Lass uns doch auch am Trafalgar Square treffen. Übermorgen. Dann stand ich allein unter dem Glasdach, sah die District Line verschwinden. *Way out*, stand auf dem Schild über mir. Das klang irgendwie tröstlich.

Mein erster Morgen in London, auf der Westminsterbrücke, *Never did sun more beautifully steep in his first splendour, valley, rock, or hill.* Ich fühle mich romantisch-melancholisch und tue mir leid. Aus Verzweiflung entscheide ich mich fürs Touristenprogramm, fahre zum Tower, stehe um neun Uhr an der Kasse, ich und noch ein paar andere frühe Vögel. Ab zehn würden die Fremden hordenweise in die Wehranlage einfallen, erklärt der Beefeater, der die erste Führung des Tages macht, aber noch nie in der Geschichte des Towers sei er erobert worden.

Zwischen dem White Tower und dem Verrätertor spazieren die Raben herum. Was Friedrich heute treibt? Es ist Sonntag. Sein Sprachkurs fängt erst morgen an. Warum verschließt er sich so? Wir sind doch ein Paar. Aber hat er das nicht schon immer so gemacht? Das Schweigen, das abweisende Gesicht, das Abrücken, wenn ihm meine Hand auf seinem Rücken zu viel wird, weil er die Hand lieber woanders hätte, und weil er überhaupt lieber etwas anderes hätte, weniger umständlich, weniger kompliziert. Diese Unerbittlichkeit. Hat er die von seinem Vater? Der ist wenigstens laut und unbeherrscht. Aber er schweigt immer nur. Ich trage ihm meine Liebe nach, seit sieben Jahren. Dachte immer, wenn ich nur genug hineingebe, mich genug hingebe, wird er doch aufmachen. Und dann steht man da mit offenem Visier und entblößtem Herzen, und der andere lässt das Fallgitter herunter, sagt, ich will das nicht, ich will dich nicht, ohne ein einziges Wort, *Oh what can ail the, knight-at-arms, alone and palely loitering?*

Montagnachmittag. Der Herbsthimmel über London ist postkartenblau und voller Flugzeuge, die man nicht hört, weil der Straßenlärm so laut ist. Vier schwarze Löwen und General Nelson glotzen dem Verkehr nach. Ich bin seit einer Stunde da, hatte gehofft, Friedrich würde auch zu früh kommen. Bevor Belén kommt. Ich werde versuchen, sie so schnell wie möglich wieder loszuwerden, werde sie auf einen anderen Tag vertrösten, wenn Friedrich in seinem Kurs ist.

Ich sehe sie schon von Weitem. Friedrich und Belén. Sie trippelt neben ihm her, den Kopf fast in den Nacken gelegt schaut sie zu ihm auf, er beugt sich zu ihr hinunter, wenn er etwas sagt. Sie lachen. Belén winkt mir zu. Charing Cross auf der Rolltreppe nach oben hätten sie sich getroffen. Gleich wiedererkannt. Sie wolle zum Buckingham Palast, auch wenn die Wachablösung leider schon vorbei sei, aber ein Foto von einem der Bärenfellmützenträger müsse sie unbedingt machen. Ich finde das peinlich, aber Friedrich ist voll dabei, und so wandern wir durch den St. James' Park. Er hat aus Gewohnheit den Arm um mich gelegt, redet aber immer zur anderen Seite. Der Weg kommt mir sehr lang vor. Sie reden über Fußball. Belén bedankt sich scherzhaft dafür, dass Deutschland England aus dem Halbfinale geworfen habe, nachdem England Spanien im Viertelfinale besiegt hätte, jeweils im Elfmeterschießen. Ich hasse Fußball. Da hilft es auch nicht, dass die Europameisterschaft in meinem Lieblingsland ausgetragen wurde, *Football's coming home*. Der große Plan wird vor den schwarzen Gitterstäben des Buckingham Palastes gefasst, sie wollen zum Mittwochspiel gehen, Arsenal gegen Chelsea.

Dass das ein Stadtderby war, merkte ich erst, als wir in der Picadilly Line Richtung Norden nach Highbury steckten, Belén eingekeilt zwischen mir und Friedrich, die Fahrt ein Fest der Vorfreude und des Gesangs. Ich stellte mir vor, wie es wäre, wenn man das Gesinge noch durch den U-Bahn-Schacht an der Erdoberfläche hören könnte, eine unterirdische Gesangsschlange auf ihrem Weg durchs Herz der Stadt. In den gekachelten Gängen der Station klang es nicht einmal schlecht, draußen verlief sich der Schall, bekam ein Echo von weit vorne und weit hinten, dazwischen die Rufe der Ticket-Verkäufer, Schwarzmarkt, Verhandlungssache. Einen davon feilschte Friedrich auf dreißig Pfund pro Person runter. Belén hatte leuchtende Augen und rote Bäckchen, als er ihr das Ticket aushändigte. Wir saßen hinter einem der Tore, und über Friedrichs Schoß hinweg erklärte sie mir aufgeregt, dass der da vor uns der Torwart sei, der den entscheidenden Elfmeter irgendeines spanischen Spielers gehalten habe. Ich fand die Aussicht auf die Stadt in den Ecken zwischen den Tribünen am schönsten. Und den Gesang, der nicht enden wollte. Und den akustischen Dominoeffekt der einklappenden Sitze, sobald sich ein Spieler oder der Ball dem Tor näherte. Es fielen sechs Tore, drei für Arsenal, drei für Chelsea, und jedes Mal fielen sich Friedrich und Belén um den Hals. Für wen waren sie eigentlich? Ich applaudierte und freute mich bei den Toren der Heimmannschaft mit dem singenden Engländer auf dem Platz neben mir. Er hatte mir noch vor Anpfiff zum Gewinn der Europameisterschaft gratuliert und mein Schulterzucken vermutlich für Bescheidenheit gehalten.

Was dann passierte, habe ich bis heute nicht recht verstanden. Ich weiß auch nicht mehr, ob es am Abend nach dem Fußballspiel war oder an einem anderen Tag. Ich sehe uns noch in diesem Pub, es muss in der City gewesen sein, irgendwo zwischen Cannon Street und Blackfriars. Ein offensichtlich betrunkener Mann tanzt mit breiten Beinen und weit ausholendem Hüftschwung, den er offensichtlich für lasziv hält, auf einem Tisch, es ist einer dieser dunklen, stabilen Pubtische, die sich auch als Bühne eignen. Die ganze Szene ist dunkelbraun, und aus dem Dunkelbraun leuchten hell die Gesichter der Umstehenden, die ihn mit aufgerissenen Augen und Mündern anfeuern. Hell blecken auch sein Bauch und die speckigen Hüften unter dem T-Shirt hervor, das er sich soeben unter großem Gejohle aus der Hose gezogen hat. Als er anfängt an seinem Gürtel herumzufummeln, tausche ich einen Blick mit Belén, die die Augen verdreht. Der Dicke lässt die Hose herunter, dreht sich, präsentiert kurz seinen Hintern, zieht die Hose wieder hoch. Offen. Jetzt suchen sie eine Freiwillige aus dem Publikum. Komm, lass uns gehen, sage ich zu Friedrich. Er versteht nicht, beugt sich herunter, ich schrei es ihm nochmal ins Ohr. Lass uns gehen! Aber wieso denn? Er hebt grinsend die Hände und fällt in das rhythmische Klatschen ein, Belén zuckt mit den Schultern, dann macht auch sie mit. Ein stark geschminktes Mädchen mit Schweißtropfen auf der Stirn und vorstehenden Zähnen soll einen Eiswürfel in den Hosenschlitz des Tänzers stecken, dafür erhält sie einen Cocktail. Ihre Belohnung kommt in Form eines Shakers, den sich der Dicke in seine offene Hose steckt. Leg dich hin, leg dich hin, skandiert das Publikum. Sie klettert behindert von ihren Highheels und dem engen Kleid auf den Tisch, der kurze Saum rutscht ihr immer wieder hoch. Gejohle. Als sie unter seinen gespreizten Beinen liegt, und er sich anschickt, ihr den Cocktail aus der Hose über das Gesicht zu kippen, reicht es mir vollends. Ich mache eine Scheibenwischerbewegung vor dem Gesicht in Richtung Friedrich und gehe vor die Tür.

Das Stoffdach vor dem Pub ist schwer vom Regen, die Luft ist so feucht, dass man sie fast schlucken kann, auf der Straße spiegeln sich die Lichter der Gebäude und der vorbeifahrenden Autos. Das breite Kassettenfenster zur Straße hin ist beschlagen, sodass man nicht hineinsehen kann, aber wenn ich die Fingerspitzen daranlege, spüre ich, wie die kleinen Glasscheiben vibrieren. Nach einer Ewigkeit öffnet sich die Tür, aber es sind nur Fremde, mit denen der Lärm von drinnen für einen Moment nach draußen schwappt. Warten. Immer warten.

Dann gehe ich einfach los, geradeaus bis zur Themse, der schwarze Fluss unter der rötlichen Dunstglocke, der Nachthimmel hell von den Lichtern der Stadt, am anderen Ufer das Globe Theater. Bildungsbürgermist, sagte Friedrich. Immer willst du Sachen für alte Leute machen. Und was willst du mit dem Literaturkram, wenn du nicht Lehrerin werden willst? Taxifahren. Klischee ist einfach. Ironie auch. Ich wandere über den schwarzen Asphalt, durch die Pfützen, immer am Fluss entlang, Grosvenor Road, Chelsea Embankment, als ob ich mich seit Ewigkeiten hier auskennen würde. Für einen Abstecher zu Wildes Haus müsste ich jetzt rechts abbiegen, aber ich kann auch einfach weiter geradeaus gehen, um an mein Ziel zu kommen.

Zwei Stunden habe ich damals sicher gebraucht bis zur Jugendherberge. Das interessiert mich. Ich rufe einen Kartendienst im Internet auf und gebe Start und Ziel ein, ziehe den gepunkteten Fußweg, der mir angezeigt wird, mit der Maus an die Themse: eine Stunde fünfzig, fünf Komma fünf Meilen. In meiner Erinnerung ist mir auf der ganzen Strecke kein einziger Mensch begegnet, sechs Millionen Londoner wie weggezaubert. Ob Friedrich zwei Stunden oder weniger gebraucht hat, um es mir heimzuzahlen?

»Wir waren betrunken. Sie hat mich angemacht!«

»So betrunken kann man überhaupt nicht sein!«

»Ich bin halt ein Mann.«

»Ach, hör doch auf.«

»Es bedeutet nichts!«

»Dass sie dir nichts bedeutet, das ist wohl wahr. Aber, dass es passiert ist, das bedeutet schon etwas. Das bedeutet etwas für uns.«

»Es tut mir leid.«

»Was daran genau?«

»Alles!«

»Lüg doch nicht.«

Hätte er es nur nicht gesagt! Wenn ich es nicht gewusst hätte, aber darum ging es ihm ja, dass ich es wissen sollte. Es war seine Rache, Strafe, was immer, die Wiederherstellung seines verletzten Männerstolzes.

In meinem Reisetagebuch steht davon nichts. Gar nichts. Als ob ich alles durch mein Schweigen hätte ungeschehen machen wollen. Dafür steht da etwas anderes, das ich vergessen hatte: Ich war einen Tag zu früh am Flughafen, und weil Platz im Flieger war und das Umbuchen kein Problem, bin ich einfach gegangen.

Mattes und ich sahen uns noch zweimal in Deutschland, und es gab noch einen Besuch in Genf. Er hatte eine neue Freundin. Sie saß mit uns am Küchentisch, und er sprach davon, wie unwahrscheinlich es sei, dass sich zwei aufeinander abgeschossene Elementarteilchen nach ihrem Umlauf im Teilchenbeschleuniger überhaupt trafen, und dass man, selbst wenn es geschehe, gar nichts davon sehen könne, sondern nur anhand der Spuren, die die Begegnung hinterlasse, interpretieren könne, was passiert sei.

Von der allerletzten Begegnung mit Mattes habe ich nie jemandem erzählt, selbst Theresa nicht. Nicht einmal Alexander weiß davon, obwohl er dabei war. Ich bin mit Alexander in der Westminster Abtei. Es ist viel los an diesem Morgen, Touristen schieben sich an den Dichtergräbern vorbei. Da sehe ich auf einmal Mattes, er ist es, ohne Zweifel. Er sieht aus wie früher. Für einen Moment bleibt die Zeit stehen. Ich könnte zu ihm hingehen, nur fünf, sechs Schritte ist er entfernt. Dann erst sehe ich den Buggy, den er vor sich herschiebt, darin ein vielleicht zweijähriges Kind, vielleicht war es auch drei oder vier. Ich hatte damals keinen Blick dafür. Zwei Schritte dahinter eine Frau, unspektakulär, wohl seine Frau. Das könntest du sein! Die Erkenntnis trifft mich völlig unvorbereitet. Rasch hänge ich mich bei Alexander ein und ziehe ihn hinaus in den Kreuzgang.

Das war auf der zweiten Englandreise mit Alexander. Es war unsere letzte. Es muss um die Jahrtausendwende gewesen sein. Er fahre erst wieder freiwillig dahin, wenn die Briten den Euro eingeführt hätten, verkündete er. Eine Woche lang hatte er sich über die absonderlichen Eigenheiten auf der Insel aufgeregt, das englische Maßsystem, die englischen Steckdosen, die englische Toilettenspülung, die getrennten Kalt- und Warmwasserhähne. Die Argumente, die er gegen einen längeren beruflichen Aufenthalt in London ins Feld führte, waren zahlreich, die meisten davon ökonomischer Natur. Natürlich sei London ein Finanzzentrum, aber er sei sehr wohl gelitten am Hauptsitz seiner Schweizer Bank und habe die besten Karriereaussichten intern. Außerdem würden sie ihn sehr ordentlich bezahlen. Als ich ihm Stellenanzeigen in der City mit dem Doppelten seines Gehaltes zeigte, rechnete er mir auf den Penny vor, dass am Ende des Tages bei den exorbitanten Lebenshaltungskosten auch nicht mehr übrigbleiben würde. Er malte Horrorszenarien von stundenlangen Fahrten mit der überhitzten, überfüllten, ausfallgefährdeten, anschlagsbedrohten Tube. Ich solle mir das doch bitte mal genau vorstellen, dann müsste ich sicher zugeben, dass der Traum von der Sieben-Millionen-Stadt schnell an Romantik verliere. Schließlich erklärte er schlicht, dass er ohne Schäufele, Kartoffelsalat und badischen Wein nicht leben könne. Und seine Mutter habe doch auch nur noch ihn.

Auf unserer ersten Englandreise hatte sich das noch anders angefühlt. Das war kurz nachdem ich ihn an der Hand von der Treppe vor dem Haus in mein Seepark-Zimmer gezogen hatte. Mein Paradies wollte ich ihm zeigen, dem neuen Mann in meinem Leben. Ich wollte ihn für meine Zukunftspläne begeistern, England, London, für ein paar Jahre wenigstens. Jetzt, da ich das Promotionsstipendium hatte, lag das doch auf der Hand. Reinhard sagte das auch. Ich schleppte Alexander zu Susan und Peter, um ihnen zu zeigen, dass ich dieses Mal jemanden gefunden hatte, der mir guttat. Ich schleppte ihn vorbei an Landhäusern und Baumriesen, durch Eichenwälder und Buchenwälder, entlang an Bachläufen und Hecken, über Grashügel und Schafweiden und *kissing gates*. Ich schleppte ihn ins Globe Theater, für das er sich begeisterte, obwohl er kaum ein Wort von Shakespeares Englisch verstand und der Handlung nicht folgen konnte. Ich schleppte ihn zu den BBC Proms und nahm mit einer Mischung aus Belustigung und Befremden zur Kenntnis, dass er soeben das erste klassische Konzert seines Lebens besucht hatte. Mit Ende zwanzig. Wohin ich ihn auch schleppte, immer strahlte er vor Begeisterung.

Zum ersten Mal seit dem Festival öffne ich die Datei mit dem aktuellen Manuskript. Die Ermutigungen meines Verlegers zu »meinem« Buch haben mich bis Seite zweiundvierzig getragen. Beim Durchlesen bleibt der Text seltsam stumm. Ich blättere durch mein Notizbuch, überfliege die Einfälle und Reflexionen, betrachte das Gewirr aus Strichen und Kreisen, die die Verbindungen einiger Figuren untereinander klären sollen, dazu Skizzen von Zeitabläufen, Überlegungen zur Form. Noch vor Kurzem wohnte all dem eine große Dringlichkeit inne, drängte sich alles, was ich las und sah und hörte, zu diesem Thema hin, zu meinem Thema, das ich schon so lange mit mir herumtrage.

Ich starre hinaus in den Graupelniesel. Flocken haben sich daruntergemischt. Auf dem Geländer vor dem Fenster bildet sich eine zarte, weiße Schicht. Ich öffne ein neues Dokument, das sich gleichgültig über das alte Manuskript schiebt, und betrachte das blaue Zeichen in der linken oberen Ecke der Seite. In zwei Tagen beginnt ein neues Jahr. Alles liegt offen vor mir.

Liebeslieder einer Verrückten. Ich tippe eine Strophe aus Sylvia Plaths Gedicht *Mad Girl's Love Song* auf das leere Blatt.

Es ist gar kein Blatt, aber die Illusion ist perfekt, ein weißes Rechteck auf grauem Grund mit den Proportionen eines A4-Blattes. Ich starre auf den Bildschirm. Wie durch Watte höre ich Kinderstimmen, eine Tür schlägt zu, der Stoff meiner Hose schabt auf dem Lederbezug, der Stuhl knackt leise, in meinen Ohren rauscht das Blut. Dann schreibe ich meinen ersten Satz.

Aufkommen

11

Neujahrsmorgen. Ich muss an die frische Luft. Hoch in den kahlen Baumkronen hängt der Nebel. Irgendwo knallen noch ein paar Böller. Ab und zu tauchen Spaziergänger mit Hunden auf. Ich verlasse den breiten Kiesweg und wandere auf Umwegen über den feuchten Waldboden. Ich hole mein Handy aus der Tasche. Wo treibt er sich rum den ganzen Morgen, den ganzen Tag, den ganzen Abend, die ganze Nacht? Ich weiß nicht, was er gemacht hat, über Weihnachten, an Silvester. Und vielleicht möchte ich es auch gar nicht wissen. Ich erfinde ihm lieber ein Leben aus den wenigen Bruchstücken, die er mir schreibt. Winzige Schnipsel aus seiner Realität.

In Straßburg wohnt er. In der Stadt? Nein, irgendwo am Stadtrand, ein Garten mit einer Mauer, nein, grün, viel Grün, eine Buchenhecke zur Straße hin, jetzt kahl. Man geht durchs Gartentor, zwei Steinstufen hinauf zur Haustür, ein älteres Haus ist es, zwei Stockwerke, Ziegeldach, unterm Dach ein Studio, auf dem Dielenboden steht ein schwarzer Flügel, unter der Dachgaube ein Schreibtisch, Blick über das große Grundstück hinaus auf Bäume, auf ein Feld, im Sommer Mais vielleicht. Im Studio, zwei Stockwerke hoch über dem Familienleben, über der Küche, dem großen Esstisch, dem immer noch geschmückten Weihnachtsbaum, ist es still.

Eine Frau hat er, die will ich mir nicht vorstellen. Kinder, Geschwister, Eltern, Freunde. Sein ganzes Leben hat er ohne mich gelebt, hat sich darin eingerichtet, die Erfahrungen aufgeschichtet wie Jahresringe, den Kern verborgen unter der Erfahrung. Noch erkennbar oder unkenntlich geworden mit der Zeit? Vielleicht der Form nach noch zu erahnen. Lieder schreibt er. Nicht nach der Wirklichkeit. *Wahrheit und Wirklichkeit sind keine Synonyme.* Auf seinem Schreibtisch sein Laptop, zugeklappt, meine Sätze auf seiner Festplatte. Etwas Wesentliches möchte ich von ihm erfahren, und ich möchte, dass er Platz bekommt in meinem Leben, neben meinem Leben wollte ich erst sagen, aber es ist wohl eher so, dass sich mein Leben ausdehnen muss, um Platz für ihn zu schaffen. Denn wo sollte das sein, neben dem Leben, außerhalb der Welt, der einzigen Welt, die es gibt? Und wenn er keinen Platz will? Dann stehe ich da mit meinem erweiterten Leben, das womöglich alles aus der Balance bringt.

Zu Hause nehme ich das Telefon mit in die Küche, um ungestört zu sein. Ich rufe Theresa an. Alles steht noch voller Gläser von unserer Silvesterfeier. Jedes Jahr dasselbe. Seit Jahren bleiben wir zu Hause, zuerst, weil Alexander die Partys und Bälle auf die Nerven gingen, dann wegen der Kinder. Seit Jahren kommen die immer gleichen Freunde, wir kochen Aufwändiges, trinken teuren Wein und reden Belangloses. Und fällt das richtige Stichwort, bringt Alexander die immer gleichen Geschichten auf den Tisch: Wie er den *Doktor Faustus* las, wie er Mahlers Fünfte in London hörte und sich daraufhin gleich eine Gesamteinspielung der Sinfonien besorgte, wie er Klavierunterricht nahm … Mir graut vor der Effizienz, mit der er aus diesen Kulturbruchstücken Kapital schlägt. Alle halten ihn für kultiviert und gebildet. Und ich sitze daneben und schweige.

Ich konnte es nicht lassen, Stéphane noch in der Silvesternacht einen Kuss fürs neue Jahr zu schicken, obwohl ich mir vorgenommen hatte, abzuwarten, bis er sich meldet. Es kam auch ein Kuss zurück. Aber was für einer? Er sei müde und müsse jetzt erstmal ins Bett. Seither nichts mehr.

Laut Bahn-App trennen mich acht Stunden zwanzig vom Ende der Welt, ab Freiburg bis Quimper, nur einmal Umsteigen in Paris. Eintausend Kilometer nach Westen.

»Kann ich Ende Januar für eine Woche ins Haus?«

»Klar, da ist im Winter kein Mensch. Und die Kinder?«

»Um die muss sich Alexander halt mal kümmern. Früher war ich auch viel beruflich unterwegs. Nur weil es jetzt so schön bequem ist, muss ich doch nicht immer zu Hause bleiben.«

»Früher wart ihr darauf eingestellt. Gleiche Augenhöhe, gleiches Gehalt, gleiches Arbeitspensum, gleiche Familienzeit, hast du immer gesagt.«

»An was für Illusionen man glauben will! Nur weil man denkt, man hätte die Dinge oft und laut genug gesagt, werden sie trotzdem nicht Realität. Und heute sitze ich erst recht in der Falle, oder was?«

Am Abend kommt doch noch eine Nachricht von Stéphane. Ich hatte schon resigniert damit gerechnet, wieder das gehasste »gerade aktualisiert« auf dem Display zu lesen. Dafür lese ich jetzt einen armseligen Bericht von den Feiertagen mit nichts als einem lieben Gruß und der Frage, wie es mir im neuen Jahr so gehe. Jeder könnte das schreiben, und er könnte es jedem schreiben.

Ich schreibe: Ich bin wie verrückt am Schreiben. So wie ich noch nie zuvor geschrieben habe. Es gibt da eine Frage, die mich umtreibt.

Stéphane schreibt: Aber du schreibst nicht über uns?

Ich schreibe: Ich schreibe, um etwas herauszufinden. Es fühlt sich gut und richtig an, so richtig wie noch nie. Und Ende Januar fahre ich für eine Woche ins Finistère.

Einen langen Umweg habe ich genommen. Schriftstellerin zu sein, der Gedanke gefiel mir schon als Zwölfjährige, aber ich war davon überzeugt, dass ich das niemals würde sein können, weil meine Kindheit entschieden zu glücklich verlaufen war, und ich beim besten Willen nichts finden konnte, an dem ich hätte leiden können, was ich als unabdingbare Voraussetzung für eine derartige Berufswahl ansah. Später, als mich das Unglück schließlich gefunden hatte, da kehrte der Gedanke ganz leise zurück.

Ich saß in Reinhards Büro, der mir soeben strahlend die Gesamtnote meiner Promotion präsentiert und dann die Frage aller Fragen gestellt hatte, worauf er erwartungsvoll mir zugeneigt verharrt war: »Und wo soll es denn jetzt hingehen?« Da wagte ich es, einen Satz wie eine Seifenblase steigen zu lassen, der irgendwie in Worte fasste, dass ich am liebsten schreiben würde. Romane eben. Er richtete sich auf und lehnte sich weit in seinem Bürostuhl zurück, mit erhobenen Händen und dem ernsten Gesicht eines lebenserfahrenen Professors. Was das für ein Leben sei! Die meiste Zeit säße man einsam und allein im stillen Zimmer, und wenn dann tatsächlich ein Buch auf den Markt komme, sei man als Sklave seines Verlags ständig zu irgendwelchen Buchhandlungen und Stadtbibliotheken in der Provinz unterwegs, um Lesungen vor einer Handvoll Leute abzuhalten, und verdienen könne man damit auch kaum etwas, genaugenommen gar nichts. Und er bot alles an abschreckenden Beispielen auf, was ihm geeignet schien, um mich vor diesem Schicksal zu bewahren. Viel Überzeugungskunst brauchte er nicht, denn sein Rat deckte sich mit meinen eigenen Überlegungen, etwa, dass es Verschwendung wäre, aus meinen Fähigkeiten nicht mehr als brotlose Kunst zu machen.

Und doch schenkte er mir einen Satz, den ich fortan mit mir herumtrug, und der mit dem kaputten Satz, den Friedrich mir einst hingeworfen hatte, zu ringen begann: Schreiben kannst du, das ist nicht das Problem.

Es war Alexanders Idee gewesen. Ich solle mich bei seiner Bank bewerben. Es gebe da eine Stelle in der Marketingabteilung, auf der habe er mich sofort gesehen. Die sei wie für mich gemacht, sagte er und las vor: sehr gute Ausdrucksfähigkeit in der deutschen Sprache, ein ausdrucksstarker Schreibstil, sehr gute Englischkenntnisse, journalistische Erfahrung. »Das bist doch du!« War ich das? Zusammengefasst in wenigen Abschnitten. Inhaltlich fand ich den Job nicht aufregend, die vielen Wörter, die ihn beschreiben sollten und die sich nicht entscheiden konnten, ob sie Englisch oder Deutsch sein wollten, konnte ich nicht ernst nehmen, aber es reizte mich, herauszufinden, ob ich ihn bekommen könnte, und nach den ersten Gesprächen begann ich mich für diese Welt, in der eins plus eins zuverlässig zwei ergab, und der Markt sich selbst regulierte, fast schon zu interessieren. Es war eine Welt, in der sich Investitionen lohnten und in der man die Energie, die man hineinsteckte, in Form von unanständig viel Gehalt zurückbekam. Im selben Jahr noch heirateten wir.

Seine Mutter fuhr uns in Alexanders Wagen zur Kirche. Er glaube das alles nicht, hatte er gesagt, aber solange seine Mutter lebe, werde er das Spiel mitspielen. Sie sei nun mal gläubig. Das habe ihr immer Kraft gegeben. Das verstehst du doch, Schatz?

Theresa fuhr hinterher. Meine Trauzeugin. Sie hatte nur milde dazu gelächelt, als ich ihr erzählte, wie traditionell die ganze Feier ablaufen sollte. Ich hatte mich sogar dazu hinreißen lassen, einen Probetermin in einem Kosmetikstudio zu absolvieren, Braut-Styling, Braut-Make-up, Brautfrisur. Im Spiegel beobachtete ich den schwarz gekleideten Mann, der meine Haare mit seinen gepflegten Händen zusammenraffte und wieder auseinanderfallen ließ. Bei der Frage nach meinen Vorstellungen und Wünschen musste ich passen. Er solle einfach mal machen. Er habe doch mehr Erfahrung als ich in diesen Dingen. Nach seinem lang gezogenen Okay, schloss ich die Augen und stellte mir die Szene von oben vor, die Frau auf dem Sessel, umringt von fahrbaren Schränkchen mit allerlei Utensilien und der schwarze Mann, der mal hierhinein, mal dorthinein greift. Ich spürte das Ziehen an der Kopfhaut, die reibenden Fingerkuppen auf den Wangen, auf der Stirn, tupfen, stricheln, stäuben. Zum Auftragen der Wimperntusche musste ich die Augen öffnen, sah aber nur schwarz, das schwarze Shirt des Stylisten. Als er den Blick freigab, dachte ich für einen Moment, der Spiegel werfe irrtümlich das Abbild einer anderen Frau zurück, einer Frau mit hochgesteckten Haaren und riesigen Augen und vollen Lippen und Wangenknochen, die ich noch nie an mir gesehen hatte. Noch nie fand ich mich so hässlich.

Im Auto zur Kirche saß ich mit selbstgeschminktem Gesicht, die Haare trug ich offen wie immer. Wir saßen im Fond, Alexanders Mutter fuhr, der Beifahrersitz blieb leer. Der leere Platz! Das zog sich durch den ganzen Tag. Wie konnte ich das vergessen? Schon beim Ausmarsch nach der Trauung hatte ich beiläufig die Lücke zwischen ihr und meinen Eltern wahrgenommen. Im Restaurant hatte sie darauf bestanden, dass der Stuhl neben ihr frei bleiben, der Platz neben ihr aber sehr wohl gedeckt werden müsse. Noch während des Applauses, der die Brautrede meines Vaters beendet hatte, war sie aufgestanden und hatte mit etwas zu fester und zu lauter Stimme zu sprechen begonnen, vom anderen Vater, der heute auch sehr stolz gewesen wäre. Im Grunde sprach sie einzig zu Alexander, der sie stumm umarmte und sich für die restliche Dauer des Essens neben sie setzte. Der Platz neben mir blieb leer.

An einem der nächsten acht Silvesterabende, vielleicht an Silvesterabend Nummer fünf, sechs oder sieben, blicke ich in Alexanders ratloses Gesicht, dann hinaus in die Nacht. Aber ich sehe nur mich selbst im Spiegel der Scheibe, undeutlich, zwischen den fernen und nahen Lichtern des Zimmers, der Dachterrasse, der Häuser den Hang hinunter, der Stadt im Tal. Wir wohnen jetzt in einer noch größeren Wohnung, in der auch ein schwarzer Flügel Platz hat. Ich habe ihn nach meinem ersten Jahr bei der Bank gekauft, aber ich spiele kaum noch darauf. Alexander war nie besonders weit gekommen mit seinem Klavierunterricht. Nach wenigen Monaten hatte er aufgegeben. Manche Dinge könne man in seinem Alter eben nicht mehr lernen, hatte er gesagt. Da war er Anfang oder Mitte dreißig gewesen. Ich betrachte mein verschwommenes Spiegelbild und fahnde in mir nach einer Antwort auf die Frage, was uns denn vom zu Ende gehenden Jahr geblieben sei. Die Urlaube haben wir durch, Januar in Pontresina, Mai in der Toskana, September die Neu-England-Rundreise. Auch die Kurztrips nach Verbier, Saas-Fee, Paris, Wien. Mein Kopf ist ganz leer. Seltsam, sagt Alexander und schenkt nach.

Ich setze die Pille ab, und nach neun Jahren im Job bin ich schwanger. Ich sehe mich noch mit dickem Bauch und Kompressionsstrümpfen im Flieger sitzen auf der letzten Geschäftsreise nach Amerika. Danach zieht mich mein Frauenarzt aus dem Verkehr. Vorzeitige Wehen. In dieser Schwangerschaft gehen Sie nicht mehr arbeiten, sagt er. Matti kommt fünf Wochen zu früh auf die Welt. Alexander nimmt sich zwei Wochen frei. Die restlichen fünfeinhalb Monate bin ich allein mit dem Baby zu Hause, dann steige ich wieder in den Job ein. Nichts ist mehr, wie es vorher war. Wir kaufen das Haus in Bestlage, weil Kinder doch in einem Haus aufwachsen sollen. Als ich zu der Werbeagentur nach Freiburg wechsle, sind mir die finanziellen Einbußen, die ich in Kauf nehmen muss, egal. Alexander rechnet und kommt zu dem Schluss, dass es gehen müsste. Dann mit dem zweiten Kind der Ausstieg. Nach vierzehn Jahren. Es ist ein Gang in die Freiheit, über dem der Schatten der Abhängigkeit liegt.

Aber wenn ich eines über mich weiß, dann ist es das: Ich habe keine Angst. Seltsam, denke ich, ich hatte noch nie das Gefühl, es könnte nicht reichen. Alexander hat heute noch Verarmungsängste.

12

Denk an mich! Schreib mir was.

Wenn man nicht gerne fängt und nicht gerne gefangen wird, ist man dann nicht furchtbar allein? Aber wie allein ist man erst, wenn man dasteht und wartet! Wenn man darauf wartet, dass der andere einem nachläuft oder auf einen zuläuft, und er läuft einfach nicht, oder er läuft in eine andere Richtung? Wenn man dasteht und hofft, dass der andere einen endlich fängt, und die Signale ausbleiben, wenn man dasteht und wartet und die ganze Welt zu einem einzigen Punkt zusammenschnurrt, auf dem man wie von einer unsichtbaren Kraft festgehalten verharrt, keinen Schritt mehr machen will, und der andere kommt und kommt einfach nicht. Dann erst ist man furchtbar allein.

Ich habe Angst, dass ich bald bereuen muss, mein Herz so schnell so weit geöffnet zu haben. Ich empfinde die Traurigkeit und die Lächerlichkeit derer, die verliebter sind als die anderen. Heute ist der fünfte Tag, an dem er sich nicht gemeldet hat. Fünf Tage. Wie wenig. Und wie unendlich viel, gemessen in den Zehn-Minuten-Intervallen, in denen ich meine Mail aktualisiere.

Ob er hofft, dass etwas von mir dabei ist, wenn er seine Mails abruft? Wenn er wenigstens neugierig darauf wäre. Vielleicht kommt meine Nachricht inmitten eines Schwalls von Erfreulichem und Unerfreulichem und Belanglosem. Macht er meine zuerst auf? Erledigt er erst pflichtbewusst seine übrige Korrespondenz? Vielleicht hebt er sich meine bis zum Schluss auf, aber vielleicht nur, weil alles andere dringender ist. *Verzeihst du mir?*

Denk an mich! Schreib! Schreib mir was.

Er hat ihn gleich gesehen, meinen Namen in der Liste, den ganzen Tag hat er sich die Neugier bewahrt, hat dem Drang, sofort zu lesen, widerstanden, die leise Anspannung hat ihn durch den Nachmittag getragen. Jetzt ist Abend, im Haus ist Ruhe eingekehrt. Er ist allein. Er klappt sein Laptop auf und wählt meinen Namen aus. Er ist gespannt, was ich aus der Situation gemacht habe, in die er uns zuvor hineinphantasiert hatte. Nach wenigen Worten hat er mich wieder eingeholt. Meine Sätze auf seinem Bildschirm verwandeln sich in Bilder, die seinen Puls schneller gehen lassen, es ist, als spräche ich sie in sein Ohr, als zeichnete ich sie mit meinen Fingern auf seine Haut. Und ich nehme Gestalt an in seinem Kopf, seine gedachten Hände umfassen meinen gedachten Körper, und in Gedanken küsst er mich auf alle Stellen, die ich ihm zugestanden habe. Und er flüstert mir in mein gedachtes Ohr, was er noch alles gerne tun würde, *wenn du erlaubst.* Ich würde dich. Und du würdest mich. Ich mag das. Magst du das? *Und dann.* Er schreibt und beschreibt mich und sich und diesen gedachten Ort, an dem nur wir sind, der nur in uns und durch uns existiert. Und all das Gedachte findet den Weg durch seine Hände auf der Tastatur, mit der er es für mich festhält. *Damit du mir nicht wieder entkommst.*

Schreib! Schreib mir was. Warum dauert das so lange?

Seit fünf Tagen keine Nachricht. Mein neues kleines Glück ist erstarrt wie ein Frosch im winterlichen Teich, nicht tot, aber unbeweglich wartet er auf einen Sonnenstrahl. Ich will es mir noch nicht gestatten, wütend und enttäuscht zu sein, will immer noch glauben, dass sich alles aufklärt. Viel los, etwas Wichtiges dazwischengekommen, Pflichten und Verpflichtungen. *Kann mich nicht in Stimmung bringen.* Vermutlich hat er keine Ahnung, ist es jenseits seines Vorstellungshorizonts, was sein Schweigen bei mir anrichtet.

Wahrscheinlich nimmt er es noch nicht einmal als Schweigen wahr. Aber auch das stimmt mich eher traurig, als dass es mich tröstet. Ich bin eben nur eine nette Gelegenheit, die man wahrnimmt, wenn es sich gerade ergibt. Und wäre das nicht genau die richtige Einstellung auch für mich? Warum macht mich sein Schweigen so verdammt traurig, so wie mich sein Schreiben so verdammt froh macht? Was soll das werden?

Weil er nicht schreibt, spioniere ich ihm im Internet nach, obwohl ich mir das längst verboten habe. Eine seiner Facebook-Freundinnen, die immer die Erste ist, die seine Posts mit Häkchen und Herzchen versieht, stößt mir besonders auf. Eine langhaarige Frau mit viel zu kurzem Rock und viel zu hohen Absätzen für ihr Alter. Würdelos. Ich stelle mir vor, dass diese Art von Frauen ihm gefällt. Vulgär, marktschreierisch, oberflächlich, unverbindlich. Das ist nicht mein Niveau. Ist es seins? Ist er eben doch auch nur ein Bedürftiger, der durch die Gegend läuft und wie Danton die Venus in allen Grisetten zusammensucht? Wird er auch einmal eine dieser lächerlichen Gestalten werden, die sich mit ihrem beruflichen Erfolg erotische Erfolge kaufen? Ist er schon auf dem besten Weg dazu? Wollte ihm so gerne glauben, als er es verneinte, wollte ihm gerne glauben am Rhein, nach dem Rhein. *Ja, du kannst mir vertrauen.* Aber worauf stützt sich mein Vertrauen? Sind das nicht alles Zuschreibungen von mir? *It's all in your head, baby*. Ich kenne ihn nicht. Welches ist die ungeheuerlichere Unterstellung, dass er keine Gefühle zeigt oder keine hat? Ich wünschte, man könnte eine Webseite mit einem Knall zuwerfen wie eine Tür! Und wenn es dann ganz still ist, kommt die Angst wieder. Die Angst, dass er mir verschwindet wie ein Traum, dass er ganz unwirklich wird, als ob es ihn nie gegeben hätte.

Ich tippe »Liebeskummer« in die Suchmaschine. Wenn man nach einer Krankheit zu seinen Symptomen sucht, findet man überall etwas. Dann nimmt man Steinchen für Steinchen und setzt sich seine Diagnose zusammen: Suchterkrankung. Der Psychomann aus New York mit seinen amerikanischen Psychoweisheiten sagt, die schönen Momente immer wieder hervorzuholen, in Erinnerungen herumzuhängen und in Phantasien sei wie Methadon, weil die eigentliche Droge nicht mehr da sei. *You're getting your fix.* Liebeskummer sei wie Entzug, sagt er. Wenn Verlieben wie eine Droge wirkt, muss er wohl recht haben. Was haben die Forscher nicht schon alles erforscht: Hormone, Gehirnaktivität, physiologische Reaktionen, der ganze Liebeszauber ablesbar an ein paar Werten. Korrelationen. Nichts weiter? Die Körperreaktionen subjektiv-empirisch nicht zu verleugnen. Die Symptome alle da. Und jetzt? Jetzt weißt du Bescheid, also lass dich nicht täuschen, dann brauchst du nicht enttäuscht zu sein! Hat man eine Wahl? Kann man sich gegen den Hormonrausch entscheiden? Weil man den Kater kennt und fürchtet. Weil einen die Erfahrung gelehrt hat, den Kater zu vermeiden, indem man dem Rausch aus dem Weg geht. Man weiß schon, wie es endet oder zumindest weiß man, dass es endet. Und man weiß, dass es schmerzt, wenn es endet. Also lässt man es gleich? Kenne ich auch. Kommt man gut durchs Leben damit.

Und hat er nicht recht, sich nicht aus der Ruhe bringen zu lassen, sein Leben ruhig weiterzuleben? Er hat und tut ja recht daran. Und ich nicht. Er tut sich gut. Ich tue mir nicht gut. Selbst schuld. Sei mehr wie er. Auch wenn du gar nicht weißt, wie er ist. Sei mehr, wie du glaubst, dass er sei. Gewinne Abstand. Gehe ein paar Schritte zurück zu dir selbst. Es tut dir nicht gut, so nah bei ihm zu bleiben und so weit weg von dir selbst. Du magst das doch auch nicht. Du kannst es nicht leiden, dieses Klammern und diesen Wunsch nach Belebung. Immer nur gib, gib, gib! Wenn jemand mir was geben würde! Mir etwas schenken, nicht aus Berechnung und Pflichtgefühl, sondern aus Hingabe ganz und gar. Wenn sich jemand dazu entschließen könnte, mich zu retten. Wenn sein größtes Glück darin bestünde, mich glücklich zu sehen. Aber das will keiner und kann keiner. Alle wollen immer nur selbst glücklich gemacht werden.

Und doch erscheint es mir wie Glück, dass ich in einen Zustand versetzt bin, in dem ich all diesen Gedanken und Gefühlen nachgehen kann. Lasse ich es deshalb zu? Diese zufällige Begegnung mit Stéphane am Frühstückstisch hat etwas ausgelöst, einen Prozess, eine Kettenreaktion, an die ich nicht mehr geglaubt hatte. Mag ich es deshalb nicht loslassen? Ich kann alles beobachten, wie ein Selbstexperiment. Die Forscherin, die ihre eigenen Drogen, ihr eigenes Gift nimmt. Selbstversuch mit Liebestrank. Jetzt stehe ich in meinem Labor und merke, dass sich Entzugserscheinungen ausbilden.

Ich lese nochmal alle unsere Mails. Doch, schön sind sie, ganz schön. Keine Verzweiflung ablesbar. Die gibt es immer nur dazwischen. Wenn er nicht schreibt. Schreib jetzt! Morgen aber. Ich bin ja besessen. Das muss aufhören. Was will er mit so einer wahnsinnigen Schwächlingin? Da schau, es gibt keine weibliche Form von Schwächling.

Ich habe wieder mit dem Tagebuchschreiben angefangen. Fühlt sich an wie Notwehr. Gut, dass das niemand liest. Ich speichere das Dokument unter »Sonstiges«.

13

Warum hat er mir nicht gesagt, dass er dieses Konzert spielt? Er hätte es mir doch sagen können. Er hätte sagen können, willst du nicht auch kommen? Komm doch auch. Komm doch.

Die Veranstaltungshalle liegt am Rande eines Vororts von Mulhouse im Industriegebiet, eine Straße weiter beginnt die ländliche Idylle, Alleebäume, kleine Einfamilienhäuser. Findet er es peinlich, in der Provinz aufzutreten? Ich bin eine Stunde zu früh, habe noch keine Eintrittskarte, weil ich mich erst im letzten Moment entschieden habe zu fahren. Vielleicht ist das Konzert ausverkauft. Dann fahre ich eben wieder nach Hause. Der Parkplatz ist fast leer, Tickets gibt es noch genügend. Die Frau am Schalter strahlt mich an. Sie sitzt vor einem Plakat mit seinem aktuellen Tour-Foto, das so groß ist, dass ich es kaum ignorieren kann, und auf dem nicht »Stéphane«, sondern sein Künstlername steht. Ich könnte mir sein überlebensgroßes Bild in mein Arbeitszimmer hängen und überall herumerzählen, wie sehr ich diesen Sänger mag. Das wäre vollkommen unverdächtig. Also weißt du, Alexander, dieser Stéphane, ich liebe ihn! Allein der Versuch, diesen Satz auch nur probehalber auszusprechen, scheitert. Es ist, als würde ich ein Gefühl anprobieren, das hinten und vorne nicht passt. Ich habe noch nie zu einem Mann gesagt, dass ich ihn liebe. Ich liebe Mahler, ich liebe Green Day, ich liebe Keats, ich liebe London, das ging mir immer sehr leicht von den Lippen, aber einen Mann? Es kam mir immer falsch vor. Wie gelogen. Ich habe auch nie verstanden, was dieser Satz bedeutet: Ich liebe dich. Es ist ein Satz mit drei Unbekannten.

Die Frau an der Kasse ist begeistert, dass sich jemand von jenseits der Grenze hierher verirrt hat. Sie hat es bestimmt schon an den ersten Worten gehört. Viel Vergnügen, sagt sie auf Deutsch. Ich bin hier wohl die Ausnahme. Die Atmosphäre des Vorraums mit der Bar liegt zwischen Dorfgemeindehalle und Multiplexkino. Es gibt Kir Royal, Aperol Spritz, Ananassaft und trockene Laugenbrezeln, einen Flipper in der Ecke und eine Schlange vor der Bar, lauter Einheimische, die aussehen als seien sie gerade aus den Sesseln in ihren Wohnzimmern aufgestanden und herübergeschlendert, weil man das so macht, in einem Ort, wo sonst wenig los ist. Ich halte Ausschau nach den lässigen Französinnen, sehe aber überall nur die gleiche Art von Frauen, die es auch in meiner Stadt gibt, Jeans, Strickpullover, dicke Stiefel, praktische Frisur, Altersdurchschnitt fünfzig, fünfundvierzig mit Wohlwollen. Altersmäßig bin ich eher keine Ausnahme, denke ich.

Ich setze mich mit meinem alkoholfreien Getränk an einen der wenigen Bistrotische. Viel lieber hätte ich etwas mit Alkohol bestellt, viel Alkohol. Es hätte noch eine Karte in der ersten Reihe gegeben, aber ich will gar nicht, dass er mich sieht. Glaube ich. Ich habe mich auch nicht besonders zurecht gemacht, ein bisschen *overdressed* fühle ich mich trotzdem. Kein schlechtes Gefühl. Wahrscheinlich blenden die Scheinwerfer auf der Bühne sowieso so stark, dass er niemanden im Publikum wahrnimmt, schon gar nicht, wenn er niemanden erwartet. Woher weiß ich, dass er niemanden erwartet? Immerhin ist es eine Art Heimspiel für ihn. Vielleicht hat er deshalb nichts gesagt? Zu nah an der Realität. Schräg vor mir ist ein Mann dabei, CDs auf einen Tisch mit Tischdecke zu stapeln, dann stellt er einen Stuhl dazu. Das soll wohl der Autogrammtisch werden. Sieht auch nicht anders aus als die Signiertische bei meinen Lesungen.

Langsam füllt sich der Vorraum. Es sind Familien unter den Besuchern, die Kinder senken den Altersdurchschnitt und bekommen am Eingang zum Konzertsaal eine rote Plastikschale als Sitzerhöhung überreicht. Den Gedanken, dass seine Kinder auch hier sein könnten, dränge ich sofort zurück. Die Türen sind jetzt geöffnet, aber niemand scheint es eilig zu haben, seinen Platz einzunehmen. Kurz überlege ich, ob ich nicht lieber wieder gehen soll. Was will ich hier? Er hat mich nicht gefragt, ob ich kommen will, und es ist, als hätte dieser Ort, hätten diese Leute, hätte diese Veranstaltung hier nichts mit mir und schon gar nichts mit uns zu tun. Vielleicht hatte er ganz recht damit, mich nicht zu fragen. Machen Alter und Erfahrung doch ein bisschen weiser?

Auf der Bühne steht ein kurzer Flügel, sonst nichts. Mein Platz ist auf der linken Seite. Ich werde ihn gut sehen können, wenn er da sitzt und spielt. Am liebsten würde ich mich selbst da hinsetzen, ans Klavier flüchten, wie Adrian Leverkühn im Leipziger Puff. Hinter den schwarzen und weißen Tasten würde ich mich wohler fühlen, denke ich und muss gleich über diese absurde Vorstellung lächeln. Wohlfühlen, mitten auf der Bühne?

Ringsherum unterhalten sich die Leute mit ihren Sitznachbarn. Ich komme mir vor wie eine trockene Insel inmitten eines plätschernden Baches. Dann wird es dunkel im Zuschauerraum, Applaus setzt ein, und das Spiel beginnt. Da kommt er. Durch den schwach beleuchteten Teil der Bühne geht er Richtung Klavier. Sein Gang, seine Haltung ganz unverkennbar: Stéphane. Ich sitze im Dunkeln zwischen den applaudierenden Menschen und klatsche leise, als müsste ich es vermeiden, noch mehr aufzufallen als ich es ohnehin schon tue. Auf der Bühne wechselt das Licht und mir ist, als fiele ein Scheinwerferstrahl direkt auf mich. Ich rutsche tiefer in meinen Sessel. Er hat noch kein Wort gesagt, schlägt ein paar Akkorde an, die das Publikum sofort mit Begeisterung quittiert. Alle scheinen zu wissen, was jetzt kommt. Außer mir. So geht das den ganzen Abend. Und von allem, was er da singt oder sagt, verstehe ich nur Bruchteile, mein Verständnis ist lückenhaft. Aber sein Spiel ist so schön und seine Stimme, die mir jetzt wieder ganz vertraut vorkommt, anders als auf den CDs, genau wie die Stimme des Wirtshaustisch-Stéphanes und die des Rheininsel-Stéphanes, ist so schön. Und so beginne ich, die Lücken mit Erinnerungen zu schließen. Was er mir auf der Rheininsel erzählte. Jedes Wort habe ich behalten.

Sehr leise spricht er. Man muss genau hinhören, manchmal nachfragen, so leise. Und er macht die Sätze nicht fertig, oder er sagt einen Satz und lässt dann eine Lücke, die sich beliebig füllen lässt. So schreibt er auch. Merkt er nicht, dass er die Sache so unnötig kompliziert macht? Oder ist das Absicht?

Auf dem Land sei er aufgewachsen, mit Kühen und Hühnern und dies und das, erzählte er. Das jüngste von drei Kindern sei er, mit Abstand, überbehütet von *maman* und mit allen Freiheiten auf dem Hof der Großmutter. Stunden habe er allein in der Natur verbracht und erfundene Dramen mit sich selbst in allen Rollen aufgeführt. Er erkenne sich wieder in seiner jüngsten Tochter, die Jüngsten in seiner Familie hätten alle so viel *imagination*. Und *courage*, soviel unerklärliches Zutrauen in sich selbst. Ich bin auch so eine Jüngste, musste ich da denken, aber mit dem Mut ist das so eine Sache. Und obwohl es mich fast mehr als alles andere interessierte, versuchte ich, von dem Geschwister-Thema wegzukommen.

Ob sie in seiner Familie alle so musikalisch seien, fragte ich. Da lachte er. Er lacht überhaupt sehr viel, nur leise. Zu Hause habe es immer nur geheißen, du musst arbeiten, Mathe, Schule, du musst gut sein, du musst, du musst. Es habe all die ernsten, wichtigen Dinge gegeben. Ein Instrument sei da nicht vorgekommen. Aber Schallplatten. Die Platten seiner älteren Schwester. Ein guter Junge sei er gewesen, habe sich angestrengt. Dafür wisse er heute, wie das geht, arbeiten.

Zu Hause sei auch nicht gelobt worden, sondern man machte sich lustig übereinander, vielleicht komme daher sein Hang zur Satire. Dahinter kann man sich gut verstecken, sagte ich. Mit zwanzig sei er dann nach Paris gegangen. Wir rechneten gemeinsam nach. Da bin ich gerade in die Grundschule gekommen, und: Mann, bist du alt! Da hat er mich zum ersten Mal geküsst.

Auf die große Showbusiness-Familie habe er nie Lust gehabt, halte sich lieber außerhalb des Systems. Er schätze die Arbeit der Profis, sein Agent, seine Plattenfirma, die wüssten, wie der Laden läuft, ohne die wäre er nie so weit gekommen. Und so gesehen sei ein Lied oder ein Album eben auch nur ein kommerzielles Produkt. Aber er hasse Festschreibungen, wolle nicht in ein Schema gepresst werden.

Was ihn interessiere, seien Anfänge und die Gegenwart, weniger die Vergangenheit, und er denke nicht besonders viel über sich nach. Das Leben sei eine Farce, und das größte Unglück der Menschen komme doch daher, dass sie das Leben zu ernst nähmen. Und die Liebe? Die Liebe sei grausam, aber dafür könne er nichts, dafür könne niemand etwas, das liege in der Natur der Liebe. Er erzähle gerne Geschichten, einfach nur Geschichten ohne Moral. Und mit diesem Lächeln, von dem er sicher weiß, was es anrichtet, fügte er hinzu, er sei wie ein Vogel, total oberflächlich. Und noch leiser, fast verschämt, sagte er, dass er im letzten Jahr einen Preis von der *Académie Française* bekommen habe, auf den er stolzer sei als auf alle Musikpreise.

Es wird oft gelacht am Konzertabend, nicht wie nach einer guten Pointe, nicht brüllend und Schenkel klopfend, sondern verhalten, überrascht, aus heiterer Melancholie. Er trägt einen zu großen Gehrock und einen Zylinder, er spielt eine Rolle, und auch wenn ich nicht alles verstehe, so verstehe ich doch, dass er den ganzen Abend kein einziges Wort spricht, das nicht Teil dieser Rolle ist. Er trägt ein Kostüm, das er über die Wahrheit in seinen Liedern gestreift hat, sie aufführt, ausführt, ein Theater, ein Spiel. Ein sicherer Ort ist so eine Bühne, viel sicherer als ein vertrautes Gespräch, bei dem man sich zu nahekommen kann, oder diese Küsse, bei denen alles offenbleibt, die sich nach Sehnsucht anfühlen und nach Abschied zugleich. Den Rückweg auf der Rheininsel gingen wir im Gleichschritt, aber mit Abstand, wie zwei, die sich kennen, aber nicht viel miteinander zu tun haben.

Heimweggedanken: Er gibt den nahbaren Helden, signiert geduldig seine CDs, schenkt jedem ein Lächeln, dafür lieben ihn seine Fans. Müde sah er aus. Ganz müde. Ich frage mich, ob sich diese Art der Bewunderung abnutzt. Oder braucht man mit der Zeit immer mehr davon? Er spielt den nahbaren Helden, und doch ist er verschlossen wie Rapunzels Turm, ein freundlicher, bunter Turm, man kann rundherum gehen und sich an den Wimpeln und Fenstern erfreuen, und an dem Gesang, der herausströmt. Aber den Eingang wird man nicht finden. Es liegt nicht an dem Märchen, dass mir das alles so bekannt vorkommt. Mir ist, als hätten wir das Spiel gewechselt, von Fangen auf Verstecken.

Ob ich ihm je erzählen werde, dass ich da war? Einfach gegangen bin ich. Wie man das Unbedarfte, das Spielerische verliert, wenn man sich einmal nähergekommen ist! Wie man anfängt, Rücksicht zu nehmen, vorsichtig zu werden, sei es, um den anderen zu schonen, um ihn nicht zu bedrängen, sei es, um sich selbst zu schützen vor Verletzung und Zurückweisung.

> Wir sind uns nicht mehr als das, was wir uns gerade schreiben. Vielleicht ist deshalb alles so leicht, schrieb Stéphane.

Wann kippt das? Und warum?

Vielleicht gibt es für unsere Beziehung, unser Verhältnis gar keinen Platz in der Welt, in seiner nicht, in meiner nicht, vielleicht ist er mir, bin ich ihm zu viel und zu wenig zugleich.

14

Am Morgen schleiche ich mich aus dem Haus. Alexander, schlaftrunken aus der Wärme des Bettes, sagt, melde dich, wenn du da bist. Wir kommen schon zurecht. An vier der kommenden fünf Werktage hat er seine Mutter aktiviert. Sie freue sich, wenn sie gebraucht werde. Ich schaue noch nach den Kindern. Jonas liegt freigestrampelt und zusammengerollt am oberen Ende des Bettes. Ich decke ihn zu. Matti schnarcht leise mit offenem Mund. Erkältung, wie es aussieht. Ich fühle seine Stirn. Kein Fieber, denke ich. In der Küche klebe ich Zettel an den Kühlschrank. Nicht vergessen: Samstag Kindergeburtstag bei Paul, Geschenk besorgen, Verkleidung erwünscht, Montag keine Schulkindbetreuung, Donnerstag Schwimmunterricht, Sachen schon gepackt, an der Kindergarderobe im roten Beutel, beide Klavier üben (Ausrufezeichen), Jonas will keine Äpfel ins Vesper.

Draußen ist es noch dunkel. Ich ziehe meinen Koffer, hört sich an wie die Müllabfuhr, die auch schon unterwegs ist. Auf den Autos unter den Straßenlaternen schimmert ein Diamantüberzug. Schnell noch eine Mail an die Lehrerin an der Bushaltestelle, Begleitung für den Schulausflug organisiert, Gruß. Der Busfahrer ist wortkarg, verkauft mir eine Fahrkarte als wäre es eine große Gnade. Der TGV nach Paris steht schon am Gleis.

Durch das nächtliche Rheintal geht es nach Norden. Erleuchtete Fenster irrlichtern vorbei, Bahnhöfe wie schwimmende Lichtinseln, dann wird es wieder dunkel. Die Konturen des Schwarzwalds beginnen sich abzuzeichnen als gelbliche Grenze, darüber geht der Himmel in Nachtblau über. Offenburg. Ich schaue auf die Uhr, zehn nach sieben.

Ich stelle mir vor, wie Theresa die Kinder für den Tag fertig macht. Ich will das Brot nicht, ich will Toast. Wir haben keinen da. Ich will Toast! Gibt's nicht. Toast! Brot mit Marmelade oder Honig? Toast. Achtung, der Kakaobecher! Jetzt kannst du dich gleich nochmal umziehen. Ich will aber das rote Shirt. Hol dir ein anderes. Das rote, ach Mama! Hey, in zehn Minuten musst du los! Ich will keine Hose anziehen, ich will ein Kleid. Es hat Minusgrade, mein Kind. Mir ist gar nicht kalt. Warte bis du rauskommst. Mama, wo ist meine Trinkflasche? Mama, du musst noch den Rücklaufzettel fürs Theater unterschreiben. Kannst du mir das nicht am Abend vorher geben? Mama, mein Handschuh ist weg, ich habe nur einen Handschuh. Jacke zu! Mütze auf! Wo ist deine Mütze? Liegt noch in der Schule? Mit den anderen vier Mützen, ja? Fünf Minuten! Zieh jetzt endlich deine Schuhe an. Nein, nicht mehr spielen. Herrgott nochmal, dann kommst du halt zu spät. Die Tür fällt hinter den beiden Großen zu. Jetzt hat sie noch fünfzehn Minuten Zeit, sich in die strenge Lehrerin zu verwandeln. Die Kleine ins Auto gepackt. Mama, ich will vorne sitzen. Nein, da ist kein Kindersitz. Aber du kannst doch die Sitzerhöhung holen. Nein. Rein jetzt. Ich will aber. Dann fährt sie los zum Kindergarten und weiter zu ihrem Gymnasium. Friedemann kann ich mir nicht vorstellen.

Alles ist voller Raureif, kein Schnee, aber kältester Hauch überall. Der Schwarzwald, sichtbar jetzt, bleibt zurück. Büsche wie Scherenschnitte vor dem schwach leuchtenden Himmel, Baumgerippe, Streuobstwiesen, Wäldchen, Altrhein. Der TGV vermindert die Fahrt, stoppt auf offener Strecke. Als ob er zögerte, die Reise fortzusetzen. Dann überqueren wir den ersten Rheinkanal. Nach Süden erahnt man die Auenlandschaft in den Nebelschichten. Wenn es schon heller wäre, und wenn ich auf der anderen Seite säße, könnte ich vielleicht bis zur Rheininsel sehen. Noch einmal fahren wir über einen Flussarm, vorbei an Industrieanlagen, abgestellten Güterwaggons, einer Moschee, dann das dritte Mal der Rhein – *du musst es dreimal sagen!* – jetzt breit, rosa, nebelig. Rauchsäulen stehen im Himmel wie gefroren, Port de Strasbourg. Bei der Einfahrt nach Straßburg verliert sich die Landschaft zwischen den Sozialbauten, dahinter zeigt sich kurz das Münster mit dem einen Turm, unfertig. Ankunft pünktlich zwanzig vor acht.

Ob er schon auf ist? Bestimmt frühstückt er mit den Mädchen. Was macht so ein Sänger den ganzen Tag, ohne geregelte Arbeit? Als Existenz in der Grenzregion, nicht beschäftigungslos, aber ohne Büro, ohne Chef, ohne Kollegen, die ihn erwarten. Ein Tagedieb. Ein bisschen lesen, ein bisschen im Internet surfen, ein bisschen Korrespondenz, ein bisschen Lebensverwaltung. Dann setzt er sich ans Klavier oder bleibt an seinem Schreibtisch sitzen. Kommt der Text vor der Melodie oder umgekehrt oder gleichzeitig? Vielleicht geht er auch einfach nur herum, spaziert sich seinen Rhythmus zurecht, den Rhythmus der Worte, den Rhythmus der Töne, und freut sich diebisch, weil die anderen zur Arbeit gehen müssen, während er hier seinem Rhythmus nachgeht. Und wenn er mal stehen bleibt, meldet sich das schlechte Gewissen, das Schulschwänzergefühl der großen Freiheit gepaart mit der Ahnung, dass man dafür büßen müsste, wenn man sich erwischen ließe. Deshalb redet er, wenn nötig, vom schweren Geschäft der Kreativität, vom Leiden an der Kunst – eine kleine Notlüge, verglichen mit den anderen Lebenslügen. Vielleicht ist er auch in Paris. Da sei er oft, sagt er. Wo sonst. Berufsbedingt.

Das Abteil füllt sich. Hinter Straßburg nimmt der TGV volle Geschwindigkeit auf. Nur weg jetzt, immer nach Westen. Man kann ja gar nicht schnell genug wegkommen! Mit Hannes im Touristenviertel, mit Jan in Schwanensee ... Wir rasen in einen Tunnel, Druck auf den Ohren, Lichter schmelzen zu Streifen, Licht-Geschwindigkeit. Draußen steht die Sonne überm Horizont, blendend.

Zum Umsteigen in Paris bleiben mir zweieinhalb Stunden, Zeit genug, um Oscar einen Besuch abzustatten. Ich fahre bis zur Station Gambetta. Zum Sterben von London nach Paris. Das konnte auch nur dir einfallen, denke ich anerkennend und grabe in meinem Rucksack nach der Flasche Bordeaux, die ich aus Alexanders Weinklimaschrank genommen habe, Sociando Mallet, unser Hochzeitsjahrgang. Wir haben davon noch ein gutes Dutzend im Keller. Er hat damals einen ganzen Kofferraum voll auf dem Weingut gekauft. Die reichen bis zur Silberhochzeit, wie er sagte. Château nennen die sich, aber als wir dann an diesem Flecken Erde nahe der schlammigen Mündung der Gironde ankamen, standen da zwischen den ausgedehnten Reihen der eintönigen Rebanlagen nur Lagerhallen mit Blick aufs gegenüberliegende Kernkraftwerk. Der Kellermeister und Alexander spielten sich ohne Unterlass ihre französischen Sätze zu, während ich die Reihen der aufgebahrten Barriquefässer abging, gerade Anzahl: wir würden nächstes Jahr nach England fahren, ungerade Anzahl: würden wir nicht. Achtundzwanzig, neunundzwanzig, dreißig. Nicht wahr. Fahr doch allein! Aber wir haben doch nur so wenige Urlaubstage, wenn wir die jetzt auch noch getrennt verbringen? Ich könnte mit Theresa fahren. Aber die hat nie Zeit.

Ich schaue mich um. Niemand ist an diesem Januarmorgen auf dem Friedhof. Ich fädle die Flasche vorsichtig unter der Glasplatte durch, die das Grabmal vor Lippenstiftabdrücken der Oscar-Verehrer schützen soll. Zum Glück finden immer noch genug Küsse ihren Weg oberhalb der Begrenzung. Recht malerisch macht sich die Flasche mit dem weißen Etikett und der roten Banderole zwischen den gefrorenen Rosen auf dem Sockel. *Lead pencil shavings and ink*, schwärmt Robert Parker oder einer seiner Wiedergänger im Internet und vergibt zweiundneunzig Punkte. Das würde dir gefallen, denke ich und freue mich schon über das Gesicht des Penners, der sie später wieder hervorziehen wird. Vielleicht geht sie auch an irgendwelche Übermütigen auf dem Weg zu Jim Morrison. Egal. Hauptsache jemand hat Freude daran. Gerademal sechsundvierzig bist du geworden, denke ich. Reinhard knapp zwanzig Jahre älter. Wie er sich an die Jugend geklammert hat. Als ob er geahnt hätte, dass ihm die Zeit davonläuft. Und oben drüber der gestreckte, langgliedrige Engel, von seinen Flügeln mehr erdrückt als erhoben, die Augen erwartungsvoll geschlossen, die Lippen zum Kuss geschürzt. Reinhards Anekdoten über Richard Ellman, der Riese auf dessen Schultern er stand, der wie besessen alle Fakten über Wilde zusammengetragen hatte, bis hin zu der Frage, ob er lieber empfangender oder gebender Partner beim Oralverkehr war. Er starb über den Druckfahnen seines fast endlos überarbeiteten Manuskripts. Fünfzehn Jahre Arbeit, über achthundert Seiten. Den Engel haben sie vor langer Zeit mutwillig kastriert.

Ich gehe über das gefrostete Kopfsteinpflaster durch die steinerne Allee zurück zur Metro. Alles grau unter dem stahlblauen Himmel von Paris. Mit Alexander in den Tuilerien. Meine Füße schmerzen vom Herumwandern auf dem Asphalt. Wir sitzen auf einer Steinbank an einem staubigen Kiesweg mit einer Flasche Wein, und ich versuche zum wiederholten Male an diesem Wochenende, mir diese Stadt schön zu trinken. Vorhin auf dem Dach der Notre-Dame drehte er mich an den Schultern mal hierhin mal dahin, wies mit ausgestrecktem Arm auf die postkartenbekannten Kuppeln und Tonnendächer. Da kann man London doch vergessen, sagte er. Ich sah nur Steine. Eine nicht enden wollende Wüste von geometrischen Formen aus einem Steinbaukasten, und dazwischen das nackte Gerippe des Eiffelturms. Abreißen hätten sie ihn sollen, so wie sie es vorgehabt hatten. Alles, was er mir anpries, kannte Alexander seit ewigen Zeiten. Deutsch-Französisches Gymnasium, Schüleraustausch, da bleibt was hängen.

Er hatte ein Hotelzimmer mit Eiffelturmblick gebucht. Auf dem Bett sitzend, im Rücken ein paar Kissen, reibe ich mit angezogenen Beinen meine schmerzenden Füße. In meinem Kopf hängen graue Gedanken. Er braucht nicht zu glauben, dass die Rechnung so einfach aufgeht, Eiffelturmblick, Rotwein, im Musée d'Orsay gelangweilt vor den Wasserlilien rumstehen und schon gibt es als Gegenleistung eine willig hingegossene Ehefrau. Die Ökonomisierung des Geschlechtslebens. Aber was ist die Alternative: Eine enttäuschte Kinderseele, die alle Schuld beim anderen sucht und die ganze Nacht und morgens beim Frühstück und vielleicht die halbe Heimfahrt hässlich zwischen uns hockt. *Lose-lose*, würde Alexander sagen. Aber verstehen würde er das nicht.

Von Paris nach Quimper sitze ich im TGV-Bistro mit dem Rücken in Fahrtrichtung. Mir macht das nichts aus. Immer wieder gibt es diese Leute, die meinen, sie könnten nur vorwärtsfahren, die immer im Blick haben müssen, was auf sie zukommt, die ständig mit latenter Furcht in die Zukunft schauen. Ich habe mit dem Mann mir gegenüber getauscht. Ich verstand ihn gut, meine französische Antwort war allerdings *une catastrophe*! Das kann ja heiter werden diese Woche. Allerdings muss ich nur bis zum Haus gelangen und etwas einkaufen. Danach kann ich schweigen und den ganzen Tag nach meinem Rhythmus leben. Ich zweifle keinen Augenblick daran, dass ich das noch kann. *Beaucoup de travail?*, fragt mich mein Gegenüber höflich. Ich nicke und tippe. Ob man sich zu etwas hinbewegt oder von etwas weg, hängt davon ab, in welche Richtung man blickt, denke ich. Ich will mich nicht trennen. Aber wenn ich aus meiner Beziehung ausbräche, wäre das ein Schritt nach vorne, oder käme ich nur wieder zurück zum Ausgangspunkt? *Back to square one*. Die Frau, die ich vor zwanzig Jahren war, ist mir nicht fremd. Ich kenne ihre Gefühle und Bedenken, ihr Aufbegehren, die Forderungen, die sie ans Leben stellt. Für halbe Sachen ist sie nicht zu haben, und sie gibt sich nicht mit Ersatz zufrieden. Ich spiele mit dem Diamantstecker in meinem Ohr. Den Schmuck habe ich mir zum Abschied vom erwerbstätigen Berufsleben selbst gekauft. Ich trage überhaupt keinen anderen mehr. Ganz ähnliche Ohrstecker hatte mir Alexander einmal zum Geburtstag geschenkt. Überraschung. Ich hatte sie mir nicht gewünscht. Mein Gesicht, als ich das Swarovski-Kästchen öffnete. Geschliffenes Kristallglas. Ohne es unter der Lupe zu haben, sei es nicht von Brillanten zu unterscheiden. Der Unterschied liege nur in der Härte und natürlich im Preis. Mein Gesicht. Was aber nun nicht heiße, dass die Ohrringe nicht teuer gewesen seien. Ach, Alexander! Die Frau, die ich vor zwanzig Jahren war, ist ihren Weg und ihre Umwege gegangen, trat durch Türen, die sich zufällig öffneten, traf Entscheidungen, die sie nicht anders hätte treffen können. Ich verstehe alles und bereue nichts. Ich möchte nicht zurückgehen, ich brauche keine zweite Chance. Das Leben geht nur in eine Richtung.

Aber die Zeit, die vor mir liegt, ist nun viel kürzer. Und jemand würde mich vermissen.

Der Mann aus dem TGV steigt mit mir in Quimper aus. Ob ich Journalistin sei, will er wissen und zeigt lächelnd auf meine Laptoptasche. Ich überlege zu lange, welche Zeitform ich für den Satz »das war ich mal« verwenden soll und nicke, während ich gleichzeitig mit den Schultern zucke. Wir gehen nebeneinander durch den Bahnhof. Er plaudert, ich verstehe »recherchieren«, und ich glaube, er fragt, wo ich jetzt hinwolle. Er ist nett, es gibt keinen Grund unfreundlich und verschlossen zu sein, also versuche ich zu erklären, dass ich noch mit dem Bus weitermüsse zum Häuschen meiner Freundin. Dass ich da alleine sein werde, sage ich lieber nicht. Er gefällt mir, ein jungenhafter Typ etwa in meinem Alter. *Je peux vous y conduire*, sagt er und lächelt mich an.

Im Bus stelle ich mir vor, wie es gewesen wäre, wenn ich doch mit ihm gefahren wäre.

Ich hätte mich bedankt, wäre aus dem Auto gestiegen und zur Tür gegangen.

Ich hätte mich bedankt, wir hätten noch geplaudert, er hätte den Motor abgestellt, ich wäre aus dem Auto gestiegen und zur Tür gegangen.

Ich hätte mich bedankt, wir hätten noch geplaudert, er hätte den Motor abgestellt, er wäre mit mir aus dem Auto gestiegen, wir hätten uns links und rechts auf die Wange geküsst. Wir wären einen Moment zu lange zu nahe beieinandergestanden, und er hätte sich gut angefühlt und gut gerochen, und wir wären gemeinsam zur Tür gegangen, und ich hätte ihn bei der Hand genommen und hineingezogen.

Daran ist nur Stéphane schuld mit seinen Phantasien!

Auf dem Weg zum Haus komme ich an einem Laden und an einer Bäckerei vorbei und decke mich mit dem Nötigsten ein. Ich freue mich über das echte Baguette und darüber, dass es auch morgen am Sonntag frische Croissants geben soll. Den Streuner, der mich verfolgt, seit ich die Bäckerei verlassen habe, scheuche ich an der Haustür davon. Er sah gar nicht aus, als ob er kein Zuhause hätte.

Drinnen riecht es muffig. Seit Ende des Sommers war niemand mehr hier. Ich öffne die Fenster, danach ist es eiskalt. Ich kann mich nicht erinnern, jemals selbst Feuer in einem Ofen gemacht zu haben. Immer war ein Mann in der Nähe. Ich betrachte den Kaminofen: Glasscheibe zum Aufklappen, eine Art Rost mit Löchern, hier kommt alles drauf, und die Asche fällt dann durch die Löcher in die Schublade darunter. Klar. Neben dem Ofen steht ein Korb mit Holz, Holzwolle und Papier, lange Streichhölzer sind auch vorhanden. Kann doch nicht so schwer sein. Ich mache ein Häufchen aus den leicht brennbaren Stoffen und schichte zwei dicke Scheite obendrauf. Als ich das Streichholz dranhalte, lodert sofort alles auf. Klappe zu und warten. Es qualmt fürchterlich. Ersticken wollte ich hier nicht, denke ich. Berichtsfetzen von tragischen Fällen von Kohlenmonoxid-Vergiftung streifen mein Hirn, junge Leute, die nicht wissen, was sie tun und sich tödlichen Gefahren aussetzen. Dann fängt der Kamin an zu ziehen. Stolz betrachte ich mein Werk, bis es gleich darauf wieder in sich zusammenfällt. In der nächsten halben Stunde nehme ich etliche Anläufe. Endlich fangen auch die dicken Brocken zu brennen an.

»Was, wenn ihr alles schon hattet?«, hatte Theresa am Telefon gesagt. Ja, was wenn? In kürzester Zeit abgebrannt wie ein Strohfeuer. Alles im Kopf durchlebt in höchster Komprimierung. Die gegenseitige Anziehung, die vorsichtige Annäherung, das Herantasten, der Zweifel, die Hoffnung, die Erregung, der hemmungslose Sex, dann der Alltag, der sich über das Begehren schiebt, mehr und mehr Raum zurückgewinnt, die Enttäuschung, dass das Bild nicht standhält. Musst du es tatsächlich leben? Musst du es in die Tat umsetzen? Musst du es denn mit den Händen greifen und mit dem Mund schmecken, es einatmen und betrachten und in dir spüren? Musst du ihm wirklich ganz begegnen? Wäre eins nicht so gut wie das andere? »Sei nicht traurig, wenn er nicht kommt. Es würde nichts ändern«, hatte sie noch hinzugefügt. »Schreib einfach, Liebste! Schreib.«

15

Ich erwache mitten in der Nacht. Ich taste nach meinem Handy. Es zeigt Sonntag, siebenundzwanzigster Januar, sechs Uhr dreiundzwanzig, viel später als gedacht. Und eine neue Mail. Sofort bin ich hellwach. Er muss in aller Frühe geschrieben haben, oder nachdem ich gestern am späten Abend die Hoffnung auf eine Nachricht aufgegeben hatte. Aber es ist nur Alexander, der sich umständlich nach dem Verlauf der Reise erkundigt. Manchmal klingt er wie seine eigene Sekretärin. Nur würde die nicht »Schatz« zu mir sagen.

Ich diktiere ins Handy: Meine Reise in die Vergangenheit ist gut verlaufen. Ich bin hier fahrplangemäß als unverheiratete, kinderlose Frau angekommen. Dann lösche ich die zwei Sätze wieder und tippe Erwartbares vom reibungslosen Umsteigen in Paris, von der pünktlichen Ankunft in Quimper und der Busfahrt hierher. Von meiner Reisebekanntschaft sage ich nichts. Auch nichts davon, dass ich einen anderen Ort vorgefunden habe, als den, welchen ich in Erinnerung hatte. Als ich mit Theresa und ihren Eltern die Sommerferien hier verbrachte, waren wir vielleicht vierzehn. Es scheint, als sei das Haus in den letzten dreißig Jahren geschrumpft. Es gibt nur das Wohnzimmer mit dem Kaminofen, die Küche, ein winziges Badezimmer und das Schlafzimmer unterm Dach, das man über eine steile Holztreppe erklimmen muss, und in dem man sich wie in einem Zelt vorkommt, so nah sind die Dachschrägen. Ein Dachfenster wurde eingebaut, an das ich mich nicht erinnern kann, von dem aus man den alten Leuchtturm von Penmarch sehen kann. Das Meeresrauschen trägt bis hier. Ich frage mich, wo Theresa und ich damals schliefen. Das Haus kommt mir auch weniger heimelig vor. Das liegt vielleicht daran, dass es inzwischen die meiste Zeit des Jahres an Fremde vermietet ist. Oder am Winter.

Auf dem Weg zur Bäckerei überlege ich, ob es wohl den Jungen mit der Schneckenzunge noch gibt. Der müsste heute in Stéphanes Alter sein. Während ich mich für meine Croissants anstelle, halte ich Ausschau. Vielleicht ist es der Dicke mit der Jogginghose in der Ecke? Oder der da draußen mit der Zigarette im Mundwinkel und dem Handy am Ohr? Oder vielleicht der Bäcker selbst, den man aus seiner Backstube fluchen hört. Niemals würde ich ihn erkennen, und er mich auch nicht. Seltsam, dass man so nebeneinanderstehen könnte, ohne den geringsten Hauch eines Erkennens, obwohl der eine dem anderen schon einmal seine Zunge in den Mund gesteckt hatte. Heißt es nicht, alle sieben Jahre erneuerten sich sämtliche Körperzellen des Menschen? Keiner der Männer hier könnte also die Zunge von damals haben, und der Mund von damals ist auch nicht mehr mein Mund. Der Gedanke bringt mich zum Lächeln. Der Dicke in der Ecke lächelt zurück.

Ich gehe mit der fettigen Papiertüte nach Hause, koche mir einen Kaffee auf dem altmodischen Herd mit den runden Kochplatten und öffne den Kühlschrank, darin sind Eier, Marmelade und Milch. Sonst nichts. Wie vor zwanzig Jahren, denke ich, und dann taucht das Bild von Alexander auf, der nackt in meiner Seeparkwohnung kniet, nur indirekt vom Licht des geöffneten Kühlschranks angestrahlt, wie auf einem Gemälde von Rembrandt. Am nächsten Tag kam er mit einem Korb voller Einkäufe inklusive einer Flasche Champagner, um meinem kargen Studentinnenleben ein Ende zu bereiten, wie er sagte.

Ich schiebe den Tisch im Wohnzimmer vors Fenster, packe mein Laptop darauf und mein Notizbuch, dazu das schwarze

Zitatealbum, die rote England-Kladde und den ringgebundenen Ausdruck des zwanzig Jahre alten Mailwechsels zwischen Alexander und mir. Den hatte ich zwischen meiner Magisterarbeit und den Belegexemplaren meiner Doktorarbeit im Gerümpelschrank gefunden. Vielleicht existiert auch eine elektronische Version davon, aber so nachlässig, wie wir mit unseren Sicherungskopien sind, könnte es durchaus sein, dass dies das einzige erhaltene Dokument ist.

Ich klappe das Laptop auf, öffne das zuletzt am sechsundzwanzigsten Januar gespeicherte Dokument, und überfliege die Seiten, die ich seit Silvester geschrieben habe. Dann starre ich nach draußen. Dichter, grauer Nebel vor dem Fenster und Nebel in meinem Kopf. Nein, ein lustiges Buch wird das nicht. Ob es gut werden wird? Gut für wen? Ich habe den Verdacht, dass die Antwort in mir selbst liegt. Was also tun?

Ich könnte herumgehen und mit fremden Leuten sprechen und fremde Orte auf mich wirken lassen. Oder ich könnte an Orte gehen, an denen ich schon einmal war, und mit Leuten sprechen, die mir fremd geworden sind. Ich könnte meine Vergangenheit plündern und sie dann bis zur Unkenntlichkeit manipulieren. Ich könnte wilde Geschichten erfinden oder harmlose oder traurige, ich könnte die harmlosen Geschichten wild machen und die traurigen amüsant. Ich könnte die Beziehung mit Friedrich dramatisieren oder beschönigen, verkürzen oder verlängern. Ich könnte einen neuen Alexander erfinden, ihm Dinge in den Mund legen, die er nie gesagt hat, seine Worte aus dem Zusammenhang reißen, sodass sie eine Bedeutung bekämen, die sie nie gehabt haben. Ich könnte eine Affäre erfinden mit jemandem, den es überhaupt nicht gibt. Ich könnte aus allen Männern Idioten machen oder Helden. Ich könnte ein Ich erfinden. Ich könnte es klein oder groß, stark oder schwach machen. Ich könnte dem Ich einen Namen geben. Ich könnte dem Ich Tagebücher erfinden oder alte Briefe, oder ich könnte meine alten Tagebücher und Briefe plündern und sie dann bis zur Unkenntlichkeit manipulieren. Ich könnte die Literatur selbst plündern oder mein eigenes Buch oder Bücher, die es gar nicht gibt, die ich nur zu dem Zweck erfinde, sie zu plündern.

Aber wäre das alles notwendig? Man könnte auch einfach die Wahrheit erzählen. Wenn es die denn gäbe. Denn selbst, wenn man alle Fakten beibehielte, wo, wann, wer, was, würde man doch eine Lüge erschaffen. Und hinterher hält man so lange hartnäckig an der Behauptung fest, dass alles nichts mit einem zu tun habe, bis man es selber glaubt, und bezichtigt jeden, der es wagt, Zusammenhänge herzustellen, der Lüge. Beschimpft ihn als Kunstbanausen und literarisch Naiven, wo doch die Schüler schon in der Schule lernen, dass man den Autor nicht mit dem Erzähler verwechseln darf, das Lyrische-Ich nicht mit dem Dichter und die Leiden des Protagonisten nicht mit dem Leben des Schriftstellers. Oder der Schriftstellerin.

Gleich hinterm Haus beginnt das flache Stück Land, das den Dünen vorgelagert ist. Der Sand streut bis hier, und der sandige Untergrund ist unterhöhlt von Nagetiergängen. Kaninchenland. Graue Kaninchen mit weißen Schwänzen huschen von einem Loch zum anderen, tauchen auf und verschwinden wieder in ihrer zweiten Welt unter den zähen Gräsern. Als Spaziergänger sollte man sich an die ausgetrampelten Pfade halten, um nicht einzubrechen. Dann geht es hinauf auf die Dünen mit ihren windgeschützten Senken. Die Schuhe laufen voll Sand. Kurz vor dem Scheitelpunkt öffnet sich der Blick aufs Meer, erst noch gerahmt von Grasbüscheln und Zaunpfählen, dann frei bis zum Horizont, wo sich die glänzenden Flecken verlieren, die die Sonnenstrahlen auf die bewegte Wasseroberfläche werfen, wo immer sie durch die Wolken treffen. Die Sonne steht hoch als milchige Scheibe hinter einem grauen Schleier und verteilt ihren Strahlenkranz auf der breiten Leinwand. Ich krame mein Handy heraus und mache Fotos.

Überall liegen Kiesel am Strand verstreut. Die Ebbe hat sie freigegeben. Ich kann nicht aufhören, nach schönen Exemplaren Ausschau zu halten. Da, der weiße Regelmäßige, wie ein Ei! Und dort, die schwarze Scheibe oder der Graue mit den weißen Ringen. Noch ein Weißer, noch ein Schwarzer. Einen nach dem anderen hebe ich auf, reibe ihn sauber, stecke ihn in meine Tasche, die mit der Zeit schwer wird. Am Ende kippe ich alle wieder aus. Nur das weiße Ei behalte ich. Ich hocke mich neben meinen Steinhaufen in den aufgewärmten Sand.

Was ist das für ein Prozess, der aus all dem Material etwas entstehen lässt, was jenseits oder zwischen dem Material liegt, was darüber hinausgeht? Und dann machen die Figuren doch immer nur das Unausweichliche. Als ob etwas in ihnen angelegt wäre, das erst beim Schreiben zum Vorschein kommt. Und die Menschen? Die machen auch immer nur, was in ihnen angelegt ist, ob sie wollen oder nicht.

Warte nicht auf mich, kleine Schwester, hat er gesagt. Und dann ist er aufgestanden, stand für einen Augenblick als Schatten im Gegenlicht. Das nächste Bild: Wie er den Saum des Meeres erreicht und ohne zu zögern weitergeht, die Arme pendeln hin und her, jetzt auch der Oberkörper, wie er so gegen die einlaufenden Wellen arbeitet. Das letzte Bild: Ein Punkt, der auf und nieder schaukelt, Schwimmzug um Schwimmzug. Die Augen habe ich zugemacht! Nicht hingesehen. Hingelegt habe ich mich, geträumt von irgendeiner Zukunft. Nie habe ich richtig hingesehen. Niemand hat richtig hingesehen.

Die Kiesel liegen in sauber getrennten Häufchen vor mir. Ich habe sie der Farbe nach sortiert! Jetzt mach was draus, denke ich und beginne ein Muster zu legen. Immer einen Stein einer Färbung nach dem anderen. Nicht besonders einfallsreich. *Picturesque travels.* Ich krame mein Handy heraus und lösche alle Strandfotos wieder.

Das Spatzenzwitschern auf dem Dach, das langsame Ticken der Uhr, das Geräusch des fernen Windes, der werbend um die Pappel wehte – all das verstörte sie. Am meisten aber hasste sie die Stunde, wenn der dickstaubige Sonnenstrahl in den Räumen lag, und der Tag sich in sein westliches Gemach zurückzog. Dann sprach sie so: Ich bin untröstlich! Er wird nicht kommen, sagte sie. Sie weint', ich bin so müd', so müde. Ich wünscht', ich wäre tot.

Ich klappe mein Zitatealbum zu. Es ist vier Uhr morgens. Etwas hat mich aus dem Bett getrieben, ein Traum, die Ahnung eines Gedankens. Es hatte etwas mit *Mariana in the Moated Grange* zu tun. Und mit der Frage: Bin ich allein?

Ich schreibe: Vor Weihnachten haben wir uns täglich die erregendsten Dinge geschrieben. Dann immer weniger. Ich merke, wie traurig mich das macht. Aber Traurigkeit war als Gefühl nicht vorgesehen, als ich dir erlaubte, mir so schnell so nahe zu kommen … Deshalb lass ich dich wieder los, Geliebter, der du nie warst, der du nie sein wolltest, und der du nie geworden wärst. Ich danke dir für die kurze schöne Zeit, in der alles leicht und aufregend war, für die Träume und Phantasien, für ein paar Blicke und liebe Worte. Wie gerne hätte ich dich noch länger gefangen genommen. Aber ich gönne dir dein erfülltes Leben, in dem ich dir nicht fehlen werde. Vielleicht werde ich ab und zu aus der Ferne schauen, wie du älter wirst und was deine Arbeit macht, und dann werde ich denken, hinter diesen Liedern versteckt sich der Mann, den ich so gerne noch einmal geküsst hätte. Und es wird mich nicht mehr traurig machen.

Ich speichere die Mail, aber ich schicke sie nicht ab. Gefühle des Augenblicks. Mit geschriebenen Worten vertragen sie sich nicht. Man darf sie nicht abschicken, weil der Augenblick längst vergangen sein wird, wenn die Worte ankommen, weil sie dann vielleicht schon eine Lüge sind und etwas ganz anderes gilt.

Heul doch, denke ich, und: Los, an die Arbeit! Wenn es gut läuft, fühlt sich Schreiben an wie Verliebtheit. Es sind dieselben Symptome: Die Gedanken kreisen, alles drängt und dreht sich um das Eine, es besetzt einen, macht einen unaufmerksam gegenüber dem realen Leben, irgendwie asozial und aus der Zeit gefallen. Mitten in der Nacht erwacht man, aber nur halb, gerät in einen Dämmerzustand, in dem alles ganz leicht erscheint. Die besten Ideen, die schönsten Sätze, die klarsten Zusammenhänge drängen sich herbei. Man müsste sie nur aufschreiben. Aber da ist kein Ich, das denkt, und auch niemand, der einen Stift zur Hand nehmen und alles aufschreiben könnte. Und dieses Ich hat dort auch nichts zu suchen, man sollte es solange wie möglich fernhalten, weg von diesem glückseligen Zustand, in dem nichts anderes zählt als der Zustand selbst (wie guter Sex, denke ich). Sobald man zu Bewusstsein kommt, beginnen all die eben noch gefühlten Wahrheiten zu zerfallen. Manchmal gelingt es noch, den einen oder anderen Nachklang zu bewahren, aber wenn man versucht, ihn in Worte zu fassen, wird alles merkwürdig dumpf und banal. Die gute Nachricht: Nichts davon ist verloren. Meist kommt alles Wesentliche wieder zum Vorschein.

Ich feuere den Ofen im Wohnzimmer an, dann koche ich mir einen Kaffee. Ich sitze an meinem improvisierten Schreibtisch, die Funken knacken im Kamin, lauter kleine Explosionen. In meinem Kopf entsteht das Bild des Raumes, in dem ich mich befinde, ich an meinem Tisch in der Dunkelheit des frühen Morgens, mein Gesicht schwach erleuchtet vom Bildschirm des Laptops. Meine Finger liegen auf der Tastatur, ganz leicht nur, und transportieren die Bilder, die mein Hirn in Sprache übersetzt, per Impuls aufs elektronische Papier. Alles, was war, und alles, was sein wird, verliert an Gewicht.

Als ich vom Bildschirm aufblicke, ist es schon hell, mein Kaffee ist leer, das Feuer fast heruntergebrannt. Meine Handgelenke schmerzen, und ich reibe mir die Schläfen, aber ich fühle mich gut und frei. Mit etwas steifen Schritten gehe ich zurück ins Schlafzimmer, um mein Notizbuch zu holen, in das ich heute früh etwas notiert habe, an das ich mich nur noch undeutlich erinnere. »Wenn der andere nicht will oder kann« steht da. Davon gehen sechs Pfeile ab, kämpfen, hoffen, aushalten, verzweifeln, zurückziehen, weggehen. Ich verstehe nicht mehr, was ich damit wollte. Leichter Hand werfe ich das Notizbuch aufs Bett und mache mich fertig für meinen heutigen Spaziergang am Meer.

Ich stehe am Rand der Welt. Die Flut ist an ihrem höchsten Punkt. Die Wellen donnern an den Strand, dass man ganz betäubt und gleichzeitig ganz lebendig wird. Ich liefere mich dem Wind und dem Getöse aus. In den nächsten sechs Stunden wird sich das Wasser wieder zurückziehen. Zweieinhalb Meter beträgt hier der Unterschied zwischen Hoch- und Niedrigwasser. Es heißt, dieser Abschnitt sei nur für sehr geübte Surfer geeignet, wegen der gefährlichen Unterströmungen. So sehr wie das Meer hier seit ewigen Zeiten wütet, gibt es nicht einmal mehr Felsen.

Am Rand der Welt wanderte auch Dorigen und weinte sich die Augen aus um ihren Arveragus, der sie verlassen hatte und übers wilde Meer gefahren war für Ruhm und Ehre. Eine Ehe auf Augenhöhe hatten sie sich versprochen, und dann war er alleine losgezogen, hatte sie zurückgelassen, am wilden Strand von Penmarch mit den schwarzen Felsen. Und sie wusste nicht, warum sie mehr weinte, weil er nicht mehr da war, oder weil sie seine Heimkehr fürchtete, die auf den Tod gefährlich sein würde durch die schwarzen Felsen und die donnernde Brandung. Sie stand und schrie gegen den Wind und gegen die Wellen, taub vom Getöse und blind von den schwarzen Felsen. Sie stand durchnässt von der Gischt und dem einsetzenden Regen. So fand sie Aurelius. Das Wasser rann ihr übers Haar, die Schultern und den Rücken, übers Gesicht, den Busen und den Bauch bis in den Schoß. Und sie stand und starrte auf die schwarzen Felsen bis auch er ganz durchnässt war und sie bat, doch wenigstens um seinetwillen vom Strand wegzugehen, weil er nicht weichen würde, bis sie ihm folgte. In einer Fischerhütte fanden sie Unterschlupf, wo die Fischersleute dem vermeintlich hohen Paar den Platz am Feuer räumten. Nur halb bei Sinnen gebot sie ihm, ans Ende der Stube zu treten und sich umzudrehen. Und während sie sich entkleidete, warf sie ihm prüfende Blicke zu, erst misstrauisch, dann schüchtern, dann immer sehnsüchtiger. Wenn doch Arveragus hier an seiner statt stünde, unter den nassen Kleidern! Wenn doch Arveragus schon die schwarzen Felsen hinter sich gelassen hätte! Wie wollte sie ihn berühren und umfassen und an sich ziehen und in sich aufnehmen, sodass die Zeit stillstünde, und sie ihn nie wieder ziehen lassen müsste. Und im Spiegel des Fensters sah Aurelius das Wasser auf ihrem Gesicht verdunsten, und auf dem Busen, auf dem Bauch und ihren Schenkeln. Er warf sich vor ihr auf die Knie und versprach zu tun, was immer sie verlangte, wenn sie nur die seine würde. Alle Traurigkeit wolle er ihr nehmen, wenn sie es nur erlaube. Wie sie den schönen Knaben so vor sich liegen sah, zitternd vor Kälte, wie sie glauben wollte, da tat er ihr leid, und um ihn zu trösten, sprach sie leichtfertig, er könne haben, was er begehre, unter einer Bedingung: Er müsse die schwarzen Felsen vor der Küste aus dem Meer räumen. Und Aurelius dingte einen Magier, der gegen das Versprechen einer hohen Summe, die Aurelius niemals würde aufbringen können, Mond und Erde und Sonne in Bewegung setzte und die höchste Flut bewerkstelligte, in der die Felsen für immer verschwanden.

16

Stéphane schreibt: Höre, Anne am Ende der Welt, ich komme! Übermorgen bin ich bei dir, und alles wird sein, wie du es dir wünschst.

Auf dem Hocker in der Küche sitze ich mit angezogenen Beinen und trinke Milch. Ich habe kein Licht gemacht. Das halb gefüllte Glas ruht auf meinem Schenkel. Ich spüre die Kühle auf meiner Haut und die Kremigkeit in meinem Mund. Und ich denke an ihn und an seine Küsse, die mir so viel lieber wären als ein Schluck Milch. Zum hundertsten Mal stelle ich mir vor, wie wir uns wiedersehen, wie ich ihn am Bahnhof in Quimper abhole, einen fast Fremden. Ich laufe ihm nicht entgegen. Ich scheue mich vor dem kitschigen Bild zweier aufeinander zulaufenden Menschen. Noch peinlicher: Ich alleine laufe. Dabei stürmt doch alles in mir ihm entgegen. Ich könnte mich an seinen Hals werfen, aber wir begrüßen uns höflich und steigen in den Bus. Und weil wir alleine in diesem Bus sind, küsst er mich dann doch, und dann nochmal. Ich stelle mir vor, wie seine Hand auf meinem Schenkel liegt. Ich kann spüren, wie erregt auch er ist. Und je länger die Busfahrt dauert, desto größer wird unsere Lust aufeinander. Endlich angekommen, ziehe ich ihn an der Hand den kurzen Weg an der Bruchsteinmauer entlang zum Häuschen, die Tür fällt ins Schloss, und wir reden kaum mehr ein Wort.

Ich sitze vor meinem Laptop und starre aus dem Fenster. Ich hänge fest. Wenn der Kopf zu stark beteiligt ist, dann wird das nichts. Die England-Kladde nützt mir nichts mehr, den Mailwechsel mit Alexander will ich nicht anfassen. Soll all das, was Alexander und ich uns vor über zwanzig Jahren geschrieben haben, Einfluss auf meine Geschichte haben oder nicht? Ich habe noch nicht einmal hineingeblättert. Ich weiß nicht, ob ich dieses Material vertragen kann, ob meine Geschichte es braucht. Vielleicht genügt die von der Gegenwart überschriebene Erinnerung und die Ahnung, wie es war. Für den Nachmittag setze ich mir eine Frist. Draußen pfeift der Wind. Am warmen Feuer sitzen oder raus in die Kälte, überlege ich und entscheide mich für frische Luft.

Ich schlage den Weg zur Pointe de la Torche ein. Seit langem nagt das Meer an der Landzunge, die zur Insel zu werden droht. Unterhalb des prähistorischen Dolmens setze ich mich auf eine Holzstufe. Von hier immer nach Westen, wo würde man landen? Irgendwo in der Neuen Welt, Nova Scotia vermutlich. Dass die Menschen immer das Alte mit ins Neue nehmen müssen: Neu-Schottland, Neu-England, Neu-York, Neu-Jersey. Am Horizont ist das Meer wie aus Blei, fest verlötet mit dem helleren Grau des Himmels, die Naht wie mit dem Lineal gezogen, die waagerechteste Linie, die man sich vorstellen kann. Ein junges Paar kommt die Treppe herauf. Er vorneweg, mit den Händen in den Taschen, die Mütze über die Ohren gezogen, sie hinterher. Mit einer Hand hält sie sich die Haare aus dem Gesicht, mit der anderen greift sie nach seinem Arm. Im Weitersteigen streckt er beiläufig die Hand nach hinten, ohne sich umzusehen. Als sie vorbeigehen, murmeln sie ein höfliches *Bonjour!* Sie bleiben hinter mir stehen. Der Wind trägt ihre Worte zu mir. Ich verstehe sie gut.

Sie: »Schau das Meer.«

Er: »Mhm.«

Sie: »Es hebt und senkt sich. Es atmet.«

Er: »Mhm.«

Immer größere Wellen laufen über die Wasseroberfläche, wellenförmige Kontraktionen, bis sich die letzte Riesenwelle mit Macht an den Felsen bricht, und weiße Gischt aufspritzt, die eilig über den Stein abfließt.

Sie: »Schau! *Comme une naissance!«* Wie eine Geburt.

Er: »*Comme un orgasme.*«

Als ich mich umschaue, sind sie schon verschwunden. Ich stelle mir vor, wie sie ihm ihren Ellbogen in die Seite gestoßen hat. Gespielte Empörung. Oder sie sind direkt nach Hause gegangen. Oder beides.

Ich brauche Übersicht. Vorsichtig klettere ich über die Absperrung auf die Felsen hinaus. Das Schild mit der eigenwillig übersetzten Warnung »Achtung, sogar klein sind die Wellen eine sterbliche Gefahr« ignoriere ich. Nach der Armee von Steinmännchen zu urteilen, die hier Wind und Wasser trotzen, bin ich nicht die Erste. *Ne soyez pas la prochaine victime!* Werden Sie nicht das nächste Opfer! Jemand hat einen ganzen Steinhaufen aufgeschichtet. Dann erkenne ich, dass es ein Herz sein soll. Wie kitschig, denke ich. Warum gerade er? Ich kenne ihn doch kaum, habe ihn dreimal gesehen. Warum nicht ein anderer, ein jüngerer, einer aus der Nähe? Ich stehe auf einem Felsen über dem Abgrund und zerpflücke das Herz. Stein für Stein werfe ich ins Meer. Für jede mögliche Antwort einen Brocken.

Mögliche Antwort: Weil er bekannt und erfolgreich ist und es mir schmeichelt, dass ausgerechnet er sich für mich interessiert. Aber würde ich das dann nicht genießen, mich kurz bewundern lassen und weitergehen, wie schon so oft? Schon allein, weil ich bestimmt nicht Teil einer Sammlung sein möchte, auch wenn er das bestreitet. Worten kann man nicht gut vertrauen. Und dann noch den Worten eines Künstlers, eines oberflächlichen Vogels.

Mögliche Antwort: Weil ich hoffe, dass er etwas in sich trägt und mir etwas geben kann, was nur er mir geben kann. Weil er vielleicht Zugang zu etwas in sich hat, das ich auch in mir suche. Mir gefällt seine Radikalität in künstlerischen

Fragen, die Konzentration und die Sicherheit, die er dabei ausstrahlt. Mir gefällt, wie er über seinen Weg spricht und über das Scheitern. Ich nehme ihm das ab.

Mögliche Antwort: Weil ich in dieser Liebe vielleicht endlich frei sein könnte, frei von Zukunftsplänen und Besitzansprüchen, frei wie nie zuvor. Ich will keine Familie mit ihm gründen, und ich will nicht an seinem Sängerleben teilhaben. Ich will überhaupt kein Leben mit ihm. Ich will diese Lust ohne Ziel, die nicht in eine Zukunft münden muss.

Mögliche Antwort: Das Alter und die Frage: Wie lange noch? Wie lange noch wird mein Körper begehrenswert sein? Wie lange noch werde ich derart in Aufruhr geraten? Ein Blick auf mein Geburtsdatum sagt mir unmissverständlich: Jung bist du nicht mehr. Zum Glück, will ich gleich wieder ausrufen. Denn in Wahrheit bin ich froh um jedes Jahr und um die Freiheit, die in der Endlichkeit liegt. Und was kann ich schon wissen über das, was kommen wird? Bei aller Vorstellungskraft, nie hätte mein jüngeres Ich wissen können, wie es wirklich ist, in meinem jetzigen Alter zu sein.

Mögliche Antwort: Weil er mir so verdammt gut gefällt. Weil er sich unter meinen Händen so verdammt gut anfühlt. Weil sich seine Hände und Lippen auf meinem Körper so verdammt gut anfühlen. Weil er Erfahrung hat in *diesen Dingen* und offensichtlich auch Talent. Es ist, als wäre ich zurückversetzt in eine Zeit meines Lebens, als solch wahnsinnige Gefühle noch möglich waren. Jetzt weiß ich wieder, wie es ist, an der Klippe zu stehen und es schwindelt einen. Jedes Mal bin ich einen Schritt zurückgegangen. Ich habe nicht schlecht damit gelebt. Bis jetzt.

Ich werfe den letzten Stein über die Klippe und kehre zurück zum Schreibtisch. Den Rest des geplünderten Herzens lasse ich liegen.

Aber was, wenn der Zauber nicht standhält? Vielleicht haben wir uns nur in etwas hineingeschrieben, und wenn wir uns jetzt wiedersehen, werden wir feststellen, dass alles anders ist. So wie man von Orten enttäuscht ist, an die man sich geträumt hat, an denen man im Traum herumgegangen ist. Ein peinliches sich Gegenübersitzen, als hätte man das falsche Licht angeschaltet. Für einen Moment empfinde ich die ganze Lächerlichkeit der Situation. Je konkreter es wird, desto mehr scheue ich mich davor, meine Phantasien in die Wirklichkeit zu entlassen. Ich fürchte mich vor der Banalität, dem klaren Blick. Ich habe das Bedürfnis, mich zu betrinken, um alle Kontrollsysteme außer Kraft zu setzen. Keine Ahnung, ob der Hormoncocktail im Hirn alleine ausreicht. In meiner Phantasie ist alles ganz einfach. Aber in der Realität besteht die Gefahr, jeden Moment aus der Kurve zu fliegen.

Und was, wenn es genauso wäre, wie in meinen und seinen Tagträumen? Was käme danach? Nach der Rückkehr vom Ende der Welt. Das böse Erwachen? Das schlechte Gewissen? Ist die Erfüllung eines Traums notwendigerweise mit Kosten verbunden? Muss man dafür bezahlen? Wer sagt, dass man nicht alles haben kann, Sicherheit, Geborgenheit und Verbindlichkeit, all diese verankernden und erdenden Erfahrungen in unserem Leben, die wir unser Zuhause nennen, und das Unbekannte, Unerwartete, das Risiko, das Abenteuer. Kann man gleichzeitig zu Hause und auf Reisen sein? Was käme danach? Danach. Ich kann nicht anders, als das Ende gleich mitzudenken. Auch diese Geschichte wird früher oder später enden. Nicht mehr an die große Liebe zu glauben, ist Katastrophe und Befreiung zugleich. Unter dem Schatten, den die Erfahrung auf jeden Anfang wirft, wird man frei für die Lust, die keine Ewigkeit will.

17

Alexander schrieb: Liebste Anne! Wie schön das klingt: Anne. Liebste Anne, heute konnte ich über den Tag keine Mail lesen. Im Hotel habe ich mich als erstes in die Firma eingewählt, um die elektronische Post abzusaugen. Die kommt nur tröpfchenweise, dauert pro Mail etwa zwei Sekunden. Eins, zwei, drei, viele, viele … dann endlich deine. Hurra! Eine Mail von Anne.

Ich muss dir was erzählen. Ich habe mich in eine wunderbare Frau verliebt. Kannst du dir vorstellen, wer das ist? Ich habe mich in ihr Vorzimmer eingeschlichen und mich darin umgesehen. Da gab es weitere Türen in dem Vorzimmer. Verschlossen waren sie nicht. Aber auch nicht sperrangelweit offen. Wäre doch langweilig, würde die wunderbare Frau wohl sagen. Und sie erzählt immer soviel von »kompliziert« und sagt ständig »ich weiß nicht«, das kann ich noch nicht so richtig verstehen. Zum Beispiel weiß sie nicht, ob es ihr nun gut oder schlecht gehen soll. Aber so ist das eben, wenn man frisch verliebt ist, da gibt es vieles zu erforschen. Du solltest jetzt mein Gesicht sehen. Es leuchtet vor Glück. Manchmal habe ich Angst, ob ein Mensch soviel Glück aushalten kann. Man versteht es nicht, und vielleicht ist es gerade deswegen so schön.

Ich habe deinen *Faustus* mit auf die Geschäftsreise genommen. Außerdem habe ich mir in der Buchhandlung die deutsche Version von *Dorian Gray* bestellt. Die Sprache deiner Schriftsteller ist mir schon rätselhaft genug, da muss ich es mir mit einer Fremdsprache nicht noch schwerer machen. Mein Business-Englisch wird da wohl nicht reichen. Im Moment taste ich mich an das Mann-Buch heran und versuche, unvoreingenommen zu bleiben, auch wenn ich *Tod in Venedig* in der Schule fürchterlich fand. Deine Erlaubnis, Unverständliches und Langweiliges zu überblättern, musste ich bereits auf den ersten Seiten in Anspruch nehmen. Dafür ist mir dieser Zeitblom recht sympathisch. Ich komme also voran, wenn auch langsam. Bist du mir böse, wenn ich sage, dass mich deine Worte viel mehr interessieren als die eines Mann oder Wilde? Du kannst dir gar nicht vorstellen, wie gern ich deine Zeilen lese. Sie kommen mir vor wie gemalt. Ich lese alles mindestens dreimal.

Jetzt bin ich so weit weg von dir und komme erst am Freitag wieder. Doch was zählen Kilometer? Wenn ich die Augen schließe und an dich denke, dann bist du ganz nah bei mir! Ich würde dir so gerne sagen, wie ich mich fühle, wie es mir geht, aber es gibt keine Worte dafür oder nur unzureichende, oder ich müsste stundenlang und seitenweise schreiben. Nun denn, habe ich nicht Zeit? Ich habe alle Zeit der Welt, dir all das, was man nicht sagen kann, zu zeigen. Stell es dir vor wie ein Mosaik. Steinchen für Steinchen wird das Bild größer und klarer. Es soll nie fertig werden, dieses Mosaik, denn es gibt keinen letzten Stein, immer nur einen nächsten. In fünf Tagen bin ich wieder da. Dann feiern wir deinen Abschluss und das Leben.

Das ist bestimmt die längste Mail, die ich je verfasst habe. Wie ungern schreibe ich diesen letzten Satz, denn solange meine Finger über die Tastatur klackern, habe ich das Gefühl, mit dir verbunden zu sein. Ich muss jetzt los.

18

Ich bin hier fast fertig. Ich klappe mein Laptop zu und schiebe alle Unterlagen zu einem Stapel zusammen.

Am Nachmittag gehe ich durch die Dünen zum Strand, stapfe über den breiten Streifen mit weichem Sand zum dunklen Rand des Meeres. Weiß und menschenleer dehnt sich der Strand nach Norden und Süden. Wie Schnee, denke ich, und mir fällt der Spaziergang am zweiten Weihnachtstag ein, das schwebende Gefühl auf dem tragfähig gefrorenen Untergrund, die lockere Schicht des frischen Schnees oben auf, die fliegenden Eiskristalle bei jedem Schritt. Die ganze Familie, die wie eine Herde über die unberührte Schneefläche zieht und eine breite Bahn aus sich kreuzenden und nebeneinander laufenden Spuren hinterlässt. Eine Spur mehr oder weniger fällt nicht auf in dem dichten Gewebe.

Im Süden sehe ich die Umrisse der Pointe de la Torche. Ein winziger Lenkdrache steht hoch über der Landzunge. Wahrscheinlich zerrt und zaust der Wind daran und jemand beobachtet mit Vergnügen oder Sorge das Spiel der Böen und des bunten Fliegers. Wie es aussieht, hat er dem Drachen genug Leine gegeben. Die meisten Einsteiger würden versuchen, einen Lenkdrachen an viel zu kurz ausgerollten Leinen zu fliegen, hatte Thees einmal erzählt. Was man sich so alles merkt. Die kurze Leine sei der größte Anfängerfehler, weshalb die Drachen dann schnell abstürzten. In einem so eng begrenzten Flugfeld seien sie nur sehr schwer oder eigentlich überhaupt nicht zu fliegen.

Im Norden dehnen sich Wolken, Meer und Strand in Streifen. Ein einsamer Spaziergänger mit Hund taucht auf. Der Hund jagt voraus, bleibt stehen, jagt zurück. Er läuft zum

Wasserrand, bleibt stehen, läuft in die Wellen und bellt aufgeregt gegen die Gischt, dann jagt er wieder seinem Herrchen hinterher. Sie gehen eine Weile Seite an Seite. Der Hund bleibt stehen, gräbt, der Mann geht immer weiter. Er geht, und der Hund gräbt. Es ist die Hundenatur, die ihn graben lässt, denke ich, und beobachte gespannt, wie weit sich das unsichtbare Band, das den Hund an den Herrn bindet, dehnen lässt. Wie weit kann man sich voneinander entfernen, ohne den anderen zu verlieren? Wie bleibt man sich selber treu, ohne dem anderen untreu zu werden?

Das Nähe-Distanz-Paradoxon: Wenn man unabhängig und stark erscheint, ist man attraktiv. Eine Attraktion. Der kann mir was geben, denkt der eine vom anderen. Man zieht den anderen zu sich hin, wird angezogen, kommt sich näher, öffnet sich, wird schwach, bedürftig und verletzlich. Und auf einmal will jeder nur noch nehmen, wacht eifersüchtig darüber, dass er nicht zu kurz kommt. Bis einer auf Distanz geht, sich den Forderungen des anderen verschließt, um wieder ganz bei sich zu sein. Wo geht die Liebe hin, wenn sie weggeht? Wieder zurück zum Ursprung.

Vielleicht ist die erotische Anziehung die ehrlichste von allen, ein Egoismus zu zweit, die Fähigkeit bei sich selbst zu sein in Gegenwart eines anderen. Was wir empfinden, wenn uns die Leidenschaft erfasst, ist alt und stammt aus einer Zeit, in der noch keine Sprache nötig war. Die Liebe aber ist eine Gefühlsdeutung, eine Erfindung. Was wir Liebe nennen, ist ein geistiges Konstrukt, das auf Kommunikation beruht. Wir können es mit Worten umstellen, aber fassen können wir es nicht. Den Körper können wir fassen, im wörtlichen Sinne begreifen, aber selbst die körperliche Liebe kommt nicht ohne das Vokabular der Nähe aus: Sich öffnen, den anderen empfangen, in sich aufnehmen, sich vereinigen. Und immer bleibt diese Vereinigung eine Illusion, sogar wenn etwas Drittes daraus entsteht, das geboren und abgenabelt wird und dann für sich selbst zu leben beginnt und sich immer weiter entfernt, bis es denen, die sich vereinigen wollten, ganz entfremdet ist und alles und nichts mehr mit ihnen zu tun hat. Die eigenen Grenzen kann man nicht verlassen. Deshalb berührt man sich an der Haut. Näher kann man sich nicht kommen.

Man wandert durch die Zeit, und ab und zu geht ein Mensch mit einem. Man geht ein Stück, man plaudert, schaut sich in die Augen, küsst sich, fügt sich alle mögliche Lust und alle möglichen Schmerzen zu und trennt sich wieder. Der andere bleibt zurück, verliert sich, bis er nur noch eine Erinnerung ist. Was hinterlässt man in dem anderen? Ganz löst man sich nie. Alles wird Erinnerung, meine Erinnerung, ein Teil von mir, von meiner Geschichte, von meinen Geschichten. Der Gegenwart und den Gegenwärtigen wohnt dasselbe Schicksal inne. Alle werden verschwinden, ich werde ihnen verschwinden, auf die eine oder andere Art. Und man endet immer allein.

Ich blicke zurück auf meine einsame Spur im Sand. Wäre ganz schön anstrengend, auf diesem Untergrund immer weiterzugehen, denke ich.

Nach Süden wandere ich über den festen Boden nah am Wasser, über die Muscheln, die sich in Bögen sammeln, wo die Brandung sie hingetragen hat. *Crackling wrack and shells. Crush, crack, crick, crick. Wild sea money.* Warum kann ich über keinen Strand wandern ohne Stephen Dedalus? In der Universitätsbibliothek sitze ich, zwei dicke Bücher vor mir, Joyces Original und die Wollschläger-Übersetzung daneben. Stephen wandert über den Strand von Sandymount. *Shut your eyes and see.* Schließe deine Augen und schau!

In der ersten Reihe des Zuschauerraumes sitze ich, Alexander drückt meine Hand, die auf seinem Schoß liegt. Er strahlt. Hans Wollschläger liest das Kapitel aus dem *Faustus*, in dem Wendell Kretzschmar über die Frage referiert, warum Beethoven keinen dritten Satz zu Opus 111 geschrieben habe. Abgesang auf die Klaviersonate. *Leb' mir wohl.* Wenige Tage später standen die Männer mit dem Klavier vor der Tür. Schwitzende Riesen, die sich keuchend durchs enge Treppenhaus arbeiteten. Ich entschuldigte mich für die vielen Stufen und gab ihnen viel zu viel Trinkgeld. Dann rief ich Alexander bei der Arbeit an. Er nahm sofort ab. Habe ich gemietet, damit du wieder spielen kannst, sagte er. Und dass er unbedingt Klavierunterricht nehmen wolle.

Welle auf Welle. In meinem Kopf rollen die Bilder.

Das heiße, billige Hotelzimmer am Flughafen Heathrow. Wir hatten den Rückflug verpasst, weil ich nur auf die Ankunftszeit in Deutschland geachtet hatte, aber nicht auf den Zeitunterschied zwischen Insel und Kontinent. Ich war es gewesen, die auf die allerletzte Rückreisemöglichkeit am Sonntagabend gedrängt hatte, und Alexander hätte am Montag wieder in seiner Bank sein müssen. Das Bett füllt den ganzen Raum aus. Das Licht ist gedämpft, die Luft dicht, wie in einem Kokon. Alles steht still. Wir liegen nackt auf dem blanken Laken, die feinen Schweißtropfen auf der Haut seines Rückens. Wir lesen *A Midsummer Night's Dream* mit verteilten Rollen. Er hatte die Shakespeare-Gesamtausgabe nach unserem Theaterbesuch im Globe-Shop gekauft und mir mit großer Geste überreicht. Ich verstehe kein Wort von dem, was wir da lesen. Ich lächle über sein holpriges Englisch, und wenn ich ihn doch einmal korrigiere, dann küsse ich ihn zum Trost über das aufgeklappte Buch hinweg. Die dünnen Seiten kleben an unseren Fingern. Er zieht mich an sich, das Buch blättert zu.

Wir stehen im Fotogeschäft. Der Stapel Abzüge in meiner Hand. Alexander umarmt mich von hinten und schaut über meine Schulter zu, wie ich die Bilder durchblättere. Auf fast allen bin ich zu sehen, Porträts mit unscharfem Hintergrund. Könnte überall auf der Welt sein. Von einer Szene gibt es eine Serie: ich auf einer Wiese liegend, Vogelperspektive, Nahaufnahme. Das war doch in den Kensington Gardens auf dem Weg zur Royal Albert Hall, sage ich. Kann sein, sagt er. Was hast du sonst von England gesehen, frage ich lachend, während ich ein paar Fotos aussortiere, auf denen ich mir nicht gefalle. Er nimmt sie mir aus der Hand und steckt sie zurück in den Umschlag. Das ist mein Schatz, sagt er.

Welle auf Welle.

Draußen auf der Gasse vor der Eckkneipe, die einzige, die die halbe Nacht geöffnet hat. Wir waren von Station zu Station durch die Stadt getrieben und hatten uns nicht getrennt, nicht nach dem Pizzaessen, nicht nach der Spätvorstellung im Kino, an die ich sonst keine Erinnerung habe, nicht nachdem der Wirt mit entschiedenem Gepolter alle Stühle auf die Tische gestellt und uns von unseren Barhockern vertrieben hatte, auf denen wir nebeneinander gesessen hatten, ohne uns anzuschauen, und jede Faser meiner Schulter, meines Armes, meines Schenkels zu diesem Körper neben mir hingezogen worden war. Das Gefühl, diesen neuen Körper zu umfassen, draußen auf der Gasse, mit meinen auf Friedrichs Dimensionen konditionierten Armen. Der erste Moment der Irritation. Der Abstand geringer, leichter in die Augen zu schauen, näher der Mund am Mund. Wie ich am nächsten Morgen in seinen Armen lag und mich an ihn schmiegte. Diese Stelle zwischen Schulter und Brust, die nur dafür gemacht war, meinen Kopf darin zu bergen.

Auf dem Hauptfriedhof im Sommer. Der Himmel ist voller Kondensstreifen, kreuz und quer, mal dichter, mal fast aufgelöst. Bei manchen erkennt man ein winziges Flugzeug davor. Alexanders Kopf auf meinem Schoß. Ich sitze am Rand der Bank und streichle seine Haare.

»Ich hätte ihn gerne kennengelernt«, sage ich.

»Er hätte dich gemocht«, sagt er.

»Hast du was von ihm?«, frage ich und schau ihm ins Gesicht.

»Wenn es nach meiner Mutter geht, sehr viel. Ich weiß es nicht. Manchmal kommt es mir vor, als hätte ich keine eigenen Erinnerungen an ihn. Ich kenne tausend Geschichten über ihn, aber wenn ich darüber nachdenke, dann bleibt alles, was sich jenseits der Sätze meiner Mutter abgespielt haben muss, seltsam im Dunkeln. Sie war immer so stolz auf mich, das Abi, das Studium, der berufliche Erfolg. Das hast du alles von deinem Vater, sagte sie.«

»Hat sie nie versucht, dir zu erklären, warum er gegangen ist?«

»Weißt du denn, warum dein Bruder gegangen ist?«

Alexanders Gesicht als ich ihm am Tag unserer Hochzeit sagte, ich könne nicht versprechen, dass unsere Beziehung ewig halten würde, ich könne nur sagen, wie es mir im Moment gehe, wie ich mich im Moment fühlte, und dass ich nicht die Absicht hätte, mich jemals leichtfertig zu trennen. Ich könne ihm sagen, dass ich weder sprunghaft noch flatterhaft sei und es durchaus mein Wunsch sei, meine Liebe als langfristige Sache anzulegen. Ich könne voll und ganz meine Absicht erklären. Aber versprechen könne ich nichts. Er wollte das nicht hören. Er hatte sich gewünscht, dass ich sagen würde, er sei der Einzige und der Wahre und der Auserwählte für mich. Hätte ich ihn anlügen sollen?

»Mach doch! Du musst es machen«, sagte Alexander.

»Du weißt, dass das der größte Vertrauensbeweis wäre, den ich dir je entgegengebracht habe? Ich würde mich vollkommen von dir abhängig machen«, sagte ich.

»Wenn es nicht klappt, würdest du jederzeit wieder eine Stelle finden.«

»Ich weiß nicht …«

»Lass dich doch einfach mal fallen!«

Ich erreiche die Felsen von La Torche. Der Wind pfeift mir in den Ohren, bläst mir ins Gesicht. Von Westen kommt eine graue Wolkenwand, die mich ans Umkehren denken lässt.

19

Die Kunst des Feuermachens beherrsche ich inzwischen perfekt. Mit wenigen Handgriffen ist alles erledigt. Die Unmengen Papier, die ich an diesem Morgen in den Ofen stecke, braucht mein Feuer nicht mehr. Und doch freue ich mich über das Auflodern der Flammen, wenn ich ihnen neue Nahrung gebe. Geduldig verfüttere ich Seite um Seite an mein Feuer. Der dicke Umschlag der England-Kladde will erst nicht recht brennen. Mit dem Feuerhaken schiebe ich ihn zwischen zwei Holzscheite. So geht es. Ich überfliege die einzelnen Seiten aus meinem Notizbuch, bevor ich sie zu Kugeln knülle und meinem Feuer übergebe. Exzerpte, Namenslisten, Zeitleisten, Durchgestrichenes, Unterstrichenes, am Rand Kommentiertes – alles nimmt mein Feuer. Es scheint nicht wählerisch zu sein. Die Mails von Alexander und mir lodern besonders hell. Lange betrachte ich das Zitate-Buch in meiner Hand.

Auf meinem Laptop blinkt der Cursor neben dem letzten blauen Zeichen auf der letzten virtuellen Manuskriptseite. Schnell scrolle ich zu Seite eins, der Text rauscht rückwärts in Zeitraffer. Speichern. Dokument anhängen. Mail absenden. Ich gehe auf meinen Posteingang und sortiere nach Absendernamen, ich wähle alle Nachrichten von Stéphane aus und lösche sie, genauso meine an ihn gerichteten Mails und Entwürfe, dann kippe ich den Inhalt des elektronischen Mülleimers in die digitale Verbrennungsanlage. Zum Schluss ist mein neu begonnenes Notwehr-Tagebuch dran. Viele Einträge gibt es nicht. *Move to trash. Empty trash.*

Jetzt muss ich los. In zwei Stunden wird er da sein. Im Bus stelle ich mir vor, wie es sein wird: Die Tür ist ins Schloss gefallen, und er hält mich fest. Endlich, wird er sagen. Ich habe auf dich gewartet, werde ich sagen, und er wird versuchen, mich zu küssen. Warte, werde ich sagen und ihn bei der Hand nehmen und ins Wohnzimmer, wo der Ofen noch brennt, an den Tisch ziehen. Du musst erst noch etwas lesen, werde ich sagen. Soll ich ihm sagen, dass ich das Manuskript auch an Alexander geschickt habe?

Ich schrieb: Dieses Buch handelt nicht von dir, lieber Alexander. Du kommst nicht darin vor. Ich auch nicht. Aber es ist der Versuch, dir begreiflich zu machen, wer ich bin, dir in Erinnerung zu rufen, was ich dir war, mich zu erinnern, was du mir warst. Erst wenn ich vollkommen verstumme, kannst du sicher sein, dass ich aufgegeben habe. Dass ich uns aufgegeben habe.

Aber ich mag auch nicht mehr dastehen und winken mit ausgestreckten Armen und rufen, schau doch, komm doch, fang mich wieder ein und halt mich fest! Also drehe ich mich um und gehe weg. Langsam, sodass du mich vielleicht noch einholen könntest. Und so gehe ich Schritt für Schritt weiter. Und weiter weg. Für mich allein. Und ehrlich, es fühlt sich gar nicht furchtbar an. Denn ich glaube, ich weiß, wohin ich gehe.

Und Stéphane wird sich an den Tisch am Fenster setzen. Und dann wird er anfangen zu lesen: *Alles ist voller Franzosen.*

Liebeslieder einer Verrückten

Ich dacht', du kämst zurück, so wie du sagtest,
Doch werd ich alt, und ich vergesse deinen Namen.
(Ich glaub, ich hab dich nur in meinem Kopf gemacht.)

SYLVIA PLATH, *Mad Girl's Love Song*

Männliche Musen

Es muss auch männliche Musen geben, denn wo sollten sonst die Dichterinnen ihre Inspiration hernehmen? Sie sind mindestens so unschuldig an allem, was mit ihnen angestellt wird, wie die weiblichen Musen, es wird ihnen genauso aufgelauert, sie werden genauso gepackt und überwältigt. Meistens leiden sie nicht darunter, denn es genügt, ihnen ein winziges Stück zu entreißen, eine Keimzelle. Sie sind Kopfgeburten. Empfangen durch einen flüchtigen Blick, eine zufällige Berührung oder die Lust kurzer Stunden nisten sie sich ein als schöne Gedanken und bringen das Hirn in Aufruhr, setzen Hormone frei, machen das Herz rasen. Im weichen Bett der weiblichen Imagination wachsen sie mit unbeschreiblicher Geschwindigkeit, die einem den Atem nimmt und den Schlaf. Anders als die weiblichen Musen brauchen sie keine reale Existenz, führen kein Leben als verheirateter Mann, Vater vieler Kinder oder unsterblicher Geliebter. Die männlichen Musen haben keine Macht über uns, weil wir Frauen die Geschöpfe in unserem Kopf nicht mit echten Kindern verwechseln müssen, weil wir achselzuckend Kopfschmerzen und Herzschmerzen mit Geburtsschmerzen aufwiegen, weil man uns nicht den Schädel spalten und in den allermeisten Fällen nicht den Bauch aufschlitzen muss, damit etwas zur Welt kommt.

Streuner

Du sitzt am Wegesrand und lässt die Augen wandern. Mit halb geschlossenen Lidern verfolgst du die Vorübergehenden. Deine Interesselosigkeit ist so gut gespielt, dass viele, die vorbeigehen, hinterher schwören würden, sie hätten dich nie gesehen. Manchmal dreht eine den Kopf nach dir und flüstert etwas. Auch wenn du es nicht hörst, weißt du genau, was sie sagt, wie süß, wie hübsch, der hat sich verlaufen! Du siehst nicht aus, als ob du kein Zuhause hättest.

Erscheint dir jemand interessant, versuchst du einen Blick zu fangen. Du machst dich groß und legst den Kopf ganz schräg. Willst sehen, ob er noch funktioniert, der Welpenblick. Zum Stehenbleiben soll er sie bringen. Zum Nachlaufen bist du zu bequem. Aber wenn sie stehen bleibt, dann stehst du auf. Erst zögerlich, denn sie soll glauben, du kämst nur, weil sie dich ruft. Dann trottest du ein Stückchen mit ihr, nimmst, was zu bekommen ist, und verdrückst dich wieder. Reumütig kehrst du nach Hause zurück, wo schon das Fressen auf dich wartet und du dich niederlegst in deiner Hundehütte.

Fangen

Ich lauf nicht gern davon und zum Nachlaufen bin ich zu stolz.

Wenn man nicht gerne fängt und nicht gerne gefangen wird, ist man dann nicht allein?

Was würdest du tun, wenn du mich fingest?

Ich müsste dich wohl festhalten, damit du mir nicht wieder entkommst.

Und dann?

Dann würde ich dich küssen.

Fang mich doch!

Holbeinpferdchen

Mit dem Multischneider muss er dem Tier zu Leibe rücken. Leicht senkt sich die schnelle Scheibe durch die Schichten, die über die Form gewachsen sind wie Jahresringe. In groben Fetzen klafft die falsche Haut. Der Querschnitt ist ganz bunt, wie der Schnitt eines Buches mit vielen bunten Seiten. Alles enthält es über die Vergangenheit: Geburtstage, Jahrestage, Meisterschaften, Freudenfeste und Katastrophen, Solidarität und Protest. Alles hat seine Farbe hinterlassen. Immer wieder hat jemand das Fohlen überpinselt und übersprüht. Der mit dem Multischneider braucht Feingefühl, denn seine Maschine hat keinen Sensor, der das Sägeblatt vor dem verletzlichen Stein stoppen würde.

Ich habe ihn gesehen, den jungen Mann in deinem Blick, den neugierigen, den abenteuerlustigen, den schüchternen, den mit den vielen Fragen ans Leben, von denen der Ältere glaubt, sie längst für sich beantwortet zu haben.

Wie gerne würde ich dich aus deiner alten Haut schälen!

Katerstimmung

Stets kommt er durch das gleiche Loch, kaum dass ich den Hebel heruntergedrückt und die schwere Terrassentür aufgeschoben habe. Geduckt schlüpft er durch die Hecke, dann richtet sich alles auf, Ohren, Kopf und Schwanz. Mit schnellen federnden Schritten kommt er herbei, streicht mir schmeichelnd um die Beine und miaut, als ob es sein Recht wäre, hier alles zu fordern.

Wir haben ihm keinen Namen gegeben, nennen ihn unsere Besuchskatze, obwohl er ein Kater ist. Er ist groß und schwarz, ihm fehlt ein Auge, und an manchen Tagen hat er ein blutiges Ohr. Aber sein Fell glänzt. Die Kinder haben am Anfang versucht, ihn zu füttern. Aber er hat nur an der Milch oder dem Fleisch geschnuppert und es dann verschmäht. Bestimmt hat er irgendwo ein Zuhause.

Das schöne Tier schaut mich auffordernd mit seinem gelben Auge an, das es genussvoll schließt, wenn ich ihm über den Kopf streiche. Können Katzen genießen? Es sieht so aus, fühlt sich so an. Ich setze mich, und sofort springt er auf meinen Schoß, rollt sich zusammen, lässt sich kraulen. Für eine kurze Spanne räkelt er sich und schnurrt, ganz in der Gegenwart mit geschlossenem Auge.

Und dann, ohne ersichtlichen Grund, springt er mit einem Satz von meinem Schoß und verschwindet in der Hecke, den Blick gebannt nach vorne gerichtet, mächtig angezogen von einem unsichtbaren Ziel. Wahrscheinlich kommt er wieder, wenn es ihm passt und wenn ihm nichts zustößt. Und eines Tages wird er einfach wegbleiben. Mehr wird es nicht sein.

Die Kinder sagen, wir wollen auch eine Katze. Ich sage, wir haben doch eine.

Zum Jagen tragen

Komm! Komm doch! Komm doch aus deinem Loch.
Es wird dir schon kein Leid geschehen. Angsthase.

Rondo

Du und deine Blicke. Du Verbergungskünstler.
Du Fragensteller. Du Fänger. Du Küsseschicker.

Du mit deinen Andeutungen. Du mit deinen Geständnissen.
Du mit deinen Phantasien. Du Küsseschicker überallhin.

Du zwischen Tür und Angel. Du Zurückweicher.
Du Geduldsprediger. Du mit deinen Passivkonstruktionen.
Du Küsseschicker.

Du, der sich bitten lässt. Du, dem ständig etwas leidtut.
Du, der niemals sagt: Ich will.
Du Ruhiger. Du Starker. Du Schöner.
Du mit dem rasenden Puls. Du und deine Küsse.

Du Antwortvermeider. Du, der sich von mir vorsagen lässt,
was er mir sagen will. Du, der um Verständnis für sich bittet.
Du mit dem angeschlagenen Gemüt. Du Küsseschicker.

Du und dein Schweigen. Du Davonstehler.
Du Feigling. Du Schwächling. Du dummer Mensch.

Und immer noch schickst du mir Küsse.

Froschkönigin

Der Frosch, erstarrt im winterlichen Teich, wartet auf einen Sonnenstrahl. Küss mich, Sonne! Schick mir Küsse! Wo treibst du dich herum, du goldener Ball, den halben Herbst, den ganzen Winter? Bald fang ich an zu glauben, die Erde sei doch eine Scheibe und du hinter den Horizont gefallen.

Heute nicht

Heute nicht. Heute denke ich nicht an ihn. Heute stelle ich ihn mir nicht vor. Heute schließe ich nicht die Augen und lasse die Erinnerung in meine Nase strömen mit jedem Atemzug. Heute träume ich nicht von seiner Haut und seinem Fleisch, den weichen Stellen und den festen. Heute lasse ich es nicht zu, dass ich die Hitze fast spüren kann, die von ihm ausging, und die den knappen Abstand zwischen uns füllte, bis kein Abstand mehr war. Heute wird mein Hirn mir nicht die immer gleichen Bilder zeigen, von seinen Augen, die mich ansahen und ansahen, und von der Brust, die sich unter mir hob und senkte und dann ganz nah kam mit den glänzenden Tropfen, die sich vermischten mit dem Schweiß auf meiner Stirn. Heute werde ich meinen Körper nicht daran erinnern, wie es war in Aufruhr. Heute feuern die Neuronen nicht. Heute nicht.

Ivan-Gefühle

Soll doch einer kommen mich zu retten!

Siehst du, das kann keiner. Er auch nicht. Er schon gar nicht. Hast es kurz gehofft, geträumt. Aber es ist ganz und gar unmöglich. Die Umstände, die Voraussetzungen und er selbst. Ganz unmöglich. Du träumtest nur und träumst. Warum genügt dir nicht, was du hast?

Weil es keine Rettung bringt, nur Beruhigung. Beruhigung ist, wenn das Meer glatt und still wird. Aber dann kann es auch werden wie Blei unter einem bleiernen Himmel. Und in den Tiefen unter der bleiernen Oberfläche rollen die Wasser und bauen sich auf und werden wilde Wellen und schlagen Risse ins Blei, bis es birst. Sie brechen sich Bahn, die wildesten Wellen von allen, die noch immer unter der Oberfläche fortlebten und nicht ruhig wurden. Dann wirft es mich hin und her in sterblicher Gefahr, und keiner wird mich retten.

(B)innentheater

Neige innerlich zur Melodramatik. Sonnenuntergänge am Meer und Mondlicht auf Seen, Abschiedsszenen am Bahnhof und Träume von sehnsüchtigen Küssen in Dauerschleife. Gerede von der Seele und der Unmöglichkeit sich nah zu kommen. Blicke aus blauen Augen und alles voller Bedeutung, übervoll, bis zum Überlaufen vollgefüllt von mir. Von mir allein.

Werde dich aber nicht damit belästigen, sondern still vor mich hinsterben. Werde nicht schreien und nicht bluten und nicht laut singen bis zum letzten Atemzug. Werde auch nicht seufzen und den Handrücken an die Stirn werfen. Werde kein Geschirr zerbrechen und mir nicht die Kleider zerreißen. Mir nicht die Handgelenke ritzen. Vielleicht ein wenig mager werden. Das geht fast unbemerkt und leise. Und man bekommt dafür Komplimente. Während man außen immer schöner scheint, geht man innerlich zugrunde.

Himmelblau

Wo ist die Stelle, an der der blaue Himmel zum schwarzen All wird? Geht das unmerklich und schleichend? Oder schlägt es um?

Bildersturm

Ach, könnt ich dich nur öfters sehen! Könnt mit dir sprechen, mehr von dir erfahren. Ach, wüsst ich doch viel mehr von dir, ja, alles von dir möcht ich wissen.

Wie du durchs Leben stolperst. Wie du dich selber täuschst. Wie du dich selbst belügst. Wie du betrügst. Deine gemeinen Gedanken möcht ich kennen, den Hass, den Neid, die Eifersucht. Möcht deine Eitelkeit und deinen Hochmut kennen. Und deine Angst und Feigheit. Möcht sehen, wie du ausweichst und zurückweichst und davonläufst. Möcht sehen, wie kleinmütig, schwach und elend du bist.

Dann müsst ich nicht mit diesem Bild von dir leben.

Frau Doktor Frankenstein

Lass das tote Zeug liegen! Es ist, als ob du versuchtest, einen Sterbenden am Leben zu halten. Warum willst du ihn ins Leben zurückholen? Du schaffst nur einen Zombie, der dich quält und quält, weil du ihn nicht sterben lässt. Dein eigenes Monster schaffst du dir. Und es verfolgt dich, es überfällt dich immer wieder, es hockt auf dir in der Nacht und macht dir schwere Träume. Es frisst an deinem Herzen und nagt an deinem Hirn.

Einst war es schön. Aus den schönsten Dingen hast du es dir zusammengereimt, zusammengeleimt, aber das Leben ist daraus entwichen, und nun hockst du da und schüttelst das tote Ding und wiegst es hin und her, und jede Bewegung des toten Körpers macht dich glauben, das Leben kehre zurück, es werde schon zurückkehren, wenn du es nur lange genug schüttelst und wiegst. Dabei ist es eiskalt und fängt schon an zu stinken.

Allein du spürst es nicht, weil du so voller Hitze bist, und du bemerkst es nicht, weil du deine Sinne verschlossen hältst, für alles, was nach Realität riecht. Lass ihn los, diesen unförmigen Klumpen, der dir das schönste Ding der Welt war, über den du wieder und wieder die Bilder aus deinem Kopf legst, die schönen Bilder des schönen Körpers, der so warm war und lebendig und gebebt hat und geatmet unter deinen Händen, in dem das Herz so wild gepocht hat, durch den ganzen Körper ging das, so lebendig war das.

Wirf es in eine Grube, scharr es zu! Bevor es ganz und gar zu Gift geworden ist.

Nebel

Manchmal ist mein Hirn so vernebelt, dass ich froh bin um die Alpträume in der Nacht, die wie ein klärendes Gewitter alles wieder ins rechte Licht rücken.

Museum

Geh nicht hinein ins stille Haus. Geh nicht die Treppe hoch, nicht durch den Flur. Steh nicht und schau den Küchentisch, den leeren Stuhl. Längst weggeräumt die Tasse und der Teller. Sie sind im Schrank, dort wo sie hingehören, und ebenso das Messer und der Löffel, sie liegen in der Schublade getrennt und gehn sich nichts mehr an. Drück nicht die Klinke und bleib dort nicht stehen, so angelehnt an diesen Türpfosten. Leg dich nicht aufs frisch gemachte Bett, das längst ein neues Laken trägt. Tritt nicht ans Fenster und schau auf die Straße, die steil hinunter weg vom Häuschen führt. Geh nicht hinaus auf den Balkon, wo er einst stand und schweigend rauchte. Dann musst du nicht in diesen leeren Himmel blicken. Schließ ab die Tür und wirf den Schlüssel weg und kehr nie mehr dorthin zurück.

Hitzewallungen

Nachts wache ich auf, und der Schweiß bricht aus allen Poren (nein, keine feuchten Träume, nur dem Alter entsprechend). Die Decke schlage ich zurück, und wie die Hitze kommt und geht, so denke ich an dich, mit geschlossenen Augen und regungslos. Nur in meinem Kopf bist du, und doch kann sich mein Körper ganz an dich erinnern. Ich denke dich ganz nah, ich denke, wie es wäre, die Hand nach dir auszustrecken und über deine Haut zu streichen, ich denke mir deine Wärme, wie sich die Luft in deiner Nähe atmet. Und für eine Weile hängt dieses Gefühl in den Tröpfchen auf meiner Haut, auf der Stirn, dem Nacken, den Rücken hinunter, über die Hüfte und die angezogenen Beine. Bis es verdunstet. Dann gebe ich dir in Gedanken einen Kuss, schlaf gut, mein Schöner, denke ich. Gut sollst du schlafen, gut soll es dir gehen. Und du, sage ich zu mir, kümmere dich gefälligst um dich selbst.

Hirnherz

Ich bin eine ganz eigene Spezies. Ich bin eine Kopffühlerin, eine Herzdenkerin. Ich bin von allem etwas und doch ganz verkehrt. Ich weiß nicht, wo ich hingehöre, ich gehöre überallhin und nirgends. Entwicklungsmöglichkeiten in alle Richtungen sind in mir angelegt. Ich bin mit allen und keinem verwandt, und ich habe noch keinen getroffen so wie mich. Außer vielleicht das Schnabeltier. Als die ersten ausgestopften Exemplare in der Alten Welt ankamen, glaubte man, der Präparator hätte sich einen Scherz erlaubt und ein Tier aus verschiedenen Arten zusammengestückelt. Eine Biberente, ein Entenbiber, ein eierlegendes Säugetier.

Die mit dem Herzen fühlen, temperieren ihre Gefühle mit dem Verstand. Die mit dem Kopf denken, mischen ihren Gedanken etwas Herzwärme bei. Bei mir ist alles durcheinander. Hirnherz, Herzhirn, hin und her, her und hin. Getrennt, meint Frau Novak, wäre das lebbar, aber so?